Hans-Dieter Krais
Katzenstreu im Kofferraum

Hans-Dieter Krais

Katzenstreu im Kofferraum

999 praktische und ungewöhnliche Tips für Autofahrer

Zeichnungen von Josef Blaumeiser

Delphin Verlag

Die Tips in diesem Buch wollen nur mögliche Problemlösungen vorschlagen. Autor und Verlag können deshalb keinen absoluten Erfolg garantieren. Beim Umgang mit feuergefährlichen Materialien empfehlen wir besondere Vorsicht.

Autor und Verlag danken dem ADAC für die vielen, wertvollen Anregungen, ohne die die 999 Tips nicht zustandegekommen wären.

Umschlag: Josef Blaumeiser
Satz: FotoSatz Pfeifer GmbH, Germering
Druck: grafik + druck, München
Bindearbeiten: Thomas, Augsburg
Printed in Germany
ISBN 3.7735.5112.6

Liebe Leser,

am Anfang war jener Nylonstrumpf, von dem jeder als Keilriemenersatz zu berichten weiß, wenn es um praktische Tips beim Autofahren geht. Aber entweder waren die Nylons gleich nach dem Kriege besser oder für uns damals der Inbegriff phantasievollster Nutzung. Heute jedenfalls funktioniert dieser Trick nicht mehr. Aber auch sonst wurden dem Improvisieren beim und mit dem Automobil mit fortschreitender Technik immer engere Grenzen gesetzt.

Eine von Mikroprozessoren computerhaft gesteuerte Einspritzanlage können Sie mit Staniolpapier und Draht höchstens soweit überlisten, daß sie überhaupt nicht mehr funktioniert. Dafür können Sie eine verstopfte Düse der Scheibenwaschanlage noch immer mit einer Stecknadel reinigen. So muß uns das Unvermögen auf der einen Seite nicht zur gänzlichen Hilflosigkeit in anderen Dingen verdammen. Nur die Grenzen sollte man hier wie dort erkennen.

Diese Einsicht vorausgesetzt, mögen die 999 praktischen und ungewöhnlichen Tips zum Schmunzeln und zur Initiative gleichermaßen anregen. Verlieren können Sie wenig, aber in vielen Situationen vielleicht sogar etwas zusätzliche Sicherheit gewinnen.

Gute Fahrt und gute Reise wünscht Ihnen
Ihr

Inhalt

Für Autofahrer mit Köpfchen

Der sichere Weg
zum Führerschein

Der sichere Weg zum Führerschein

- Den Führerschein gibt es – entgegen anderslautenden Gerüchten – nicht bei einem Preisausschreiben der Bundesbahn zu gewinnen.

- Der Führerschein wird erst nach bestandener Prüfung ausgehändigt.

- Ist eine theoretische und praktische Prüfung vorgeschrieben, müssen beide Prüfungsarten bestanden werden.

- Wenn Sie die theoretische Prüfung bestanden haben, aber in der Fahrprüfung durchgefallen sind, müssen Sie das nächste Mal nur die praktische Prüfung wiederholen.

- Die bestandene theoretische Führerscheinprüfung hat seit Mai 1981 ein Jahr Gültigkeit.

- Ebenfalls seit diesem Termin müssen Sie sich nicht mehr automatisch einer medizinisch-psychologischen Untersuchung unterziehen, wenn Sie dreimal bei der Prüfung durchgefallen sind.

- Nehmen Sie die Vorbereitung und die Prüfung ernst, die Prüfer tun es auch.

- Glauben Sie nicht, daß der Prüfer Ihnen den Führerschein schon aushändigen wird. Er tut es nur, wenn er dies aufgrund der gezeigten Leistungen verantworten kann.

- Bevor Sie die Prüfung in ein amüsantes Quiz umfunktionieren, erkundigen Sie sich, ob der Prüfer dabei mitspielt.

- Bei Späßchen sollten Sie bedenken, daß der Prüfer – ähnlich wie die Zollbeamten – die meisten schon kennt.

- Wenn Sie bei der praktischen Prüfung glauben, Sie müßten dem Prüfer einmal zeigen wie man richtig Auto fährt, sind Sie in aller Regel bereits durchgefallen. Nicht, weil die Prüfer so etwas nicht mögen, sondern weil Sie es nicht können.

- Beginnen Sie während der Fahrprüfung keine Diskussionen, sondern versuchen Sie so zu fahren wie der Prüfer es verlangt.

- Selbst wenn der Bundesgerichtshof in irgendeinem speziellen Fall die Vorfahrtsregelung einmal anders ausgelegt hat, die Fahrprüfung ist nicht der Ort, um darüber zu diskutieren.

- Vor der Prüfungsfahrt Innen- und Außenspiegel richtig einstellen.

- Vergessen Sie auf keinen Fall, vor dem Losfahren den Sicherheitsgurt anzulegen.

- Wenn Sie mit dem Gefühl der Erleichterung die Fahrprüfung beendet haben, vergessen Sie nicht, vor dem Aussteigen in den Rückspiegel zu schauen. Schon mancher hat durch die plötzlich aufgerissene Tür einen Radfahrer zu Fall gebracht und sah danach den Prüfer den Führerschein wieder einstecken.

- Nehmen Sie keine Beruhigungs- oder Aufputschmittel, und rauchen Sie nicht während der Prüfungsfahrt.

- Gehen Sie davon aus, daß der Prüfer unterscheiden kann, ob Sie nur nervös sind oder ob Sie auch sonst zum Führen eines Kraftfahrzeuges ungeeignet sind.

- Fahren Sie zügig, aber nicht zu forsch, umsichtig, aber nicht zu ängstlich.

- Vergessen Sie bei einem Fahrbahnwechsel nie, in den Rückspiegel zu schauen und den Blinker zu setzen.

- Denken Sie daran, daß bei der Vorfahrt immer dann rechts vor links gilt, wenn nicht durch Zeichen eine andere Regelung vorgegeben ist. Viele Prüfer lassen sich mit Vorliebe an kleinsten Einmündungen beweisen, daß Sie diese Vorfahrtsregel beachten.

- Bei der Prüfungsfahrt – so die Vorschrift – muß der Bewerber fähig sein, selbständig das Fahrzeug auch in schwierigen Situationen zu führen und seine Fahrweise dem jeweiligen Verkehrsfluß anzupassen.

- Fahrlehrer sind im allgemeinen erfahrene Pädagogen, die ihren Beruf ernst nehmen. Wenn Sie aber mit einem Fahrlehrer überhaupt nicht zurechtkommen, wechseln Sie die Fahrschule.

- Nutzen Sie während der Ausbildung die Chancen des angebotenen theoretischen Unterrichts. Glauben Sie nicht, daß Sie auch ohne Fahrlehrer alles lernen können.

- Die theoretischen Kenntnisse werden anhand eines Fragebogens ermittelt, der dem Prüfling bei der Prüfung ausgehändigt wird. Darauf sind die jeweils richtigen Antworten anzukreuzen.

- Auch wenn die Antwort unsinnig oder realitätsfremd erscheint, kreuzen Sie alles an, was verlangt wird.

  Beispiel:

- *Frage:* Welche Veränderungen an einem PKW müssen der Zulassungsstelle gemeldet werden?
  Antwort: Anbringung einer Anhängerkupplung
  Einbau eines Motors mit höherer Leistung
  Umbau eines PKW in einen LKW.

- Stellen Sie sich bei solchen Fragen nicht auf den Standpunkt, daß kein Mensch auf die Idee kommt, einen PKW in einen LKW umzubauen, sondern denken Sie lieber daran, daß wenn es

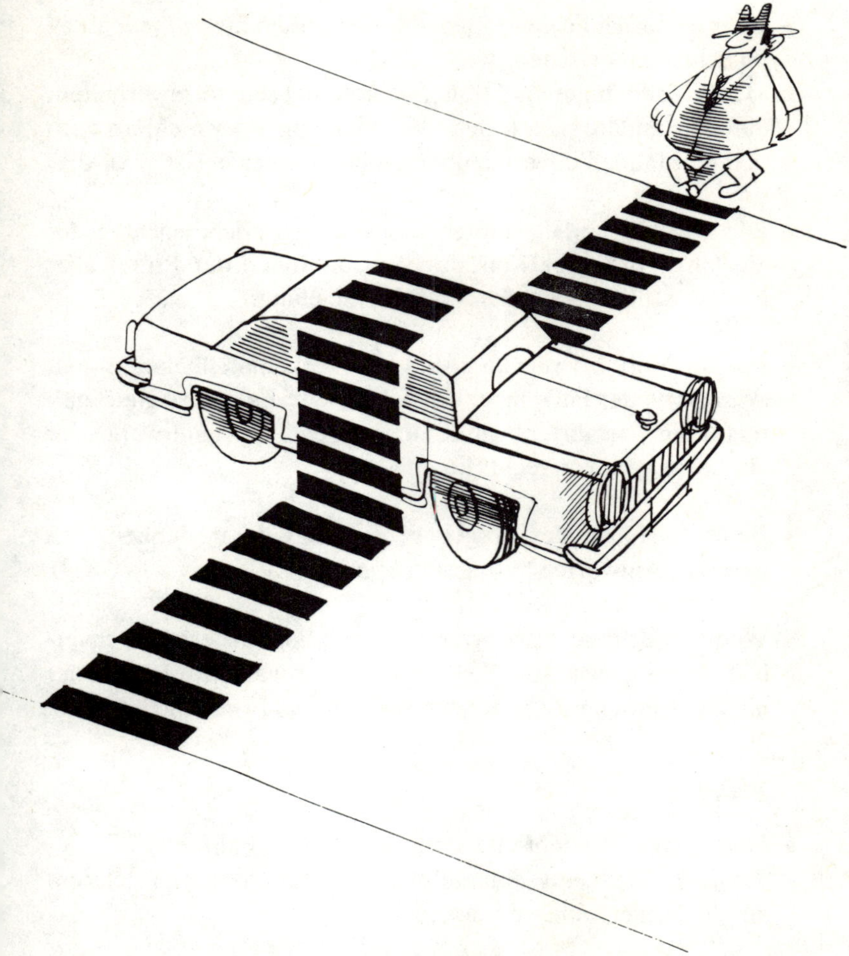

einer tut, dies natürlich der Zulassungsstelle gemeldet werden muß.

- Für die theoretische Prüfung gilt dasselbe wie für die praktische Prüfung. Versuchen Sie nicht, schon während der Prüfung, Vorschriften, Verordnungen und Gesetze zu interpretieren oder sie gar als unsinnig hinzustellen. Sie wollen Ihren Führerschein; in den Bundestag können Sie später einziehen.

- Die Grundregel des Straßenverkehrs sollten Sie auf jeden Fall im Schlaf beherrschen:
»Jeder Teilnehmer am Straßenverkehr hat sich so zu verhalten, daß kein anderer gefährdet oder geschädigt oder mehr als nach den Umständen unvermeidbar behindert oder belästigt wird.«

- Die meisten Unfälle ereignen sich durch Nichtbeachten der Vorfahrt. In dieser Kenntnis verzeiht Ihnen der Prüfer alles leichter als Fehler bei der Vorfahrtsregelung.

- Bei der Vorfahrtsregelung sind alle Verkehrsteilnehmer – mit Ausnahme der Fußgänger – gleichgestellt. Es ist also gleichgültig für die Vorfahrt, ob ein Radfahrer, ein Pferdefuhrwerk oder ein Lastwagen von rechts kommt.

- Beim Ausfüllen des Fragebogens immer daran denken, daß mehrere Antworten richtig sein können.

- Wenn eindeutige Antworten für einen komplizierten Sachverhalt verlangt werden, diese notfalls auswendig lernen, aber nicht herumschwafeln. Kostet nur Zeit und bringt nichts.

Beispiel:

- *Frage:* »Was versteht man unter defensivem Fahren?«
Antwort: »Nicht auf seinem Recht bestehen, sondern Rücksicht auf die Fehler anderer nehmen.«

- Die richtigen bzw. falschen Antworten auf dem Fragebogen werden mittels einer Schablone ausgewertet. Aus diesem Grunde ist jeder zusätzliche Kommentar überflüssig. Er wird gar nicht registriert.

- Nach bestandener Fahrprüfung sollten Sie weder sich noch der Umwelt beweisen wollen, daß Sie bereits »Meister aller Klassen« sind.

- Autofahren ist eine Fertigkeit, die man im wahrsten Sinne des Wortes »erfahren« muß.

- Nach Meinung von Experten ist man erst nach einer Fahrstrecke von ca. 100 000 Kilometer einigermaßen erfahren.

Ab morgen tanke ich nur noch die Hälfte

Seit 1. April 1981 gehören auch Fragen zum Thema Energiesparen zur Führerscheinprüfung. Aber auch für die, die den Führerschein schon längst besitzen, lohnt es sich, energiesparend zu fahren.

- Den Motor nicht im Stand warmlaufen lassen. Auch nicht im Winter.

- Möglichst schnell in den nächsthöheren Gang schalten.

- Im niedrigen Drehzahlbereich ist der Kraftstoffverbrauch im Verhältnis zur Motorleistung am günstigsten.

- Vergaser und Zündung von Zeit zu Zeit überprüfen lassen.

- Regelmäßige Kontrolle des Luftfilters.

- Kofferraum »ausmisten«. Das Gewicht hat entscheidenden Einfluß auf den Kraftstoffverbrauch.

- Dachgepäckträger und Skihalter abmontieren, wenn sie nicht mehr gebraucht werden. Sie erhöhen den Luftwiderstand und damit den Kraftstoffverbrauch.

- Der Kraftstoffverbrauch kann je nach Automarke zwischen der empfohlenen Richtgeschwindigkeit von 130 km/h und der Höchstgeschwindigkeit bis zu 10 Liter Unterschied betragen.

- Vorsicht bei Benzinspargeräten, die nicht serienmäßig eingebaut sind.

- Motor immer abstellen, wenn man länger steht.

- »Kavalierstarts« vermeiden.

- Aus dem Stand gleichmäßig beschleunigen.

- Überlegen, ob man manchen Gang nicht besser zu Fuß oder mit dem Fahrrad erledigt.

Was verbirgt sich hinter dem schönen Gesicht?

Die besten Tips für den Kauf von Neu- und Gebrauchtwagen

Das Feilschen um Extras und Prozente

- Seit 1974 ist die Preisbindung für Autos aufgehoben und durch eine unverbindliche Preisempfehlung ersetzt worden.

- »Unverbindliche Preisempfehlung« bedeutet, daß das Werk für sein Produkt zwar einen bestimmten Preis empfiehlt, es aber der Kalkulation des Händlers überläßt, zu welchem Preis er letztlich den Wagen verkauft.

- Der Händler darf aber nicht bei jedem Kunden den Preis neu festsetzen. Das würde gegen das Rabattgesetz verstoßen.

- Der Händler kann wie übrigens auch der Hersteller sogenannte Sonderserien auflegen und dafür neue Preise empfehlen bzw. kalkulieren. Aber auch hierbei muß mehreren Kunden die Möglichkeit eingeräumt werden, das gleiche Modell zum gleichen Preis erwerben zu können.

- Finanzielles Entgegenkommen wie auf einem türkischen Bazar können und dürfen Sie von einem seriösen Autohändler nicht erwarten.

- Ein Barzahlungsrabatt bis zu 3% ist nach dem Rabattgesetz erlaubt.

- Die Möglichkeit zu handeln, beginnt beim Zubehör und den sogenannten Extras oder beim Preis für den Gebrauchtwagen, der in Zahlung genommen wird.

- Bei Marken und Modellen, die lange Lieferfristen haben, dürfte der Spielraum für irgendwelche Nachlässe besonders gering sein.

- Automobilfirmen dementieren im allgemeinen bis zum Schluß, daß das alte Modell demnächst durch ein neues ersetzt wird.

Wenn Sie den meist gut informierten Fachzeitschriften glauben, können Sie entweder warten oder für das Auslaufmodell einen günstigen Preis aushandeln.

Vertragspartner

- Sind beide Ehegatten beim Kauf eines Autos anwesend, will der Verkäufer gelegentlich auch beide als Vertragspartner gewinnen und von beiden die Unterschrift unter dem Vertrag haben.

- Machen Sie dabei nicht mit. Es genügt, wenn einer der Ehegatten den Vertrag unterschreibt.

- Unterschreiben beide, sind beide Ehegatten auch Vertragspartner. Sie fallen dann, wenn es später Streitigkeiten über die mündlichen Verhandlungen beim Abschluß des Kaufvertrages gibt, als Zeugen aus und können vor Gericht nur als Partei gehört werden.

- Achten Sie auch darauf, welche Klausel die Geschäftsbedingungen über den Gerichtsstand enthalten. Es kommt vor, daß beim Autokauf der Firmensitz des Lieferwerks als Gerichtsstand vereinbart wird.

- Für Klagen aus dem Kaufvertrag ist dann das Amtsgericht oder Landgericht zuständig, wo das Werk seinen Sitz hat. Das kann für den Käufer recht unangenehm werden. Er muß einen auswärtigen Anwalt beantragen, kennt den dortigen Rechtsvertreter nicht und kann sein Anliegen oft nur schriftlich vortragen.

Dem Gebrauchtwagen unter die Motorhaube schauen

Zwei entscheidende Fehler werden noch immer häufig beim Gebrauchtwagenkauf bzw. beim Verkauf gemacht:

Der Käufer erwartet eigentlich ein neues Auto, aber möchte dafür am liebsten nur die Hälfte des Neupreises bezahlen, und der Verkäufer versucht alles, um dieser Vorstellung möglichst nahe zu kommen.

- Ein »glänzender« Gebrauchtwagen kann für ordentliche Pflege sprechen, er kann aber auch erhebliche Mängel vertuschen wollen.

- Wer Mängel an dem Gebrauchtwagen vertuschen will, streicht in aller Regel alles an, was wie neu aussehen soll. Zum Beispiel die Reifen oder die Pedale oder beides.

- Spachtelstellen unter dem Lack eines Autos lassen sich mit einem kleinen Magneten feststellen. Wo der Magnet hängenbleibt, ist Blech; wo er abfällt, meist dicke Spachtelmasse.

- Schauen Sie beim Kauf eines Gebrauchtwagens unter die Motorhaube. Hier kann man den Allgemeinzustand meistens sehr gut beurteilen.

- Machen Sie vor dem Kauf auf jeden Fall eine Probefahrt.

- Nachlackierte Stellen müssen kein Täuschungsmanöver sein, aber fragen Sie, warum nachlackiert wurde.

- Achten Sie dabei besonders auf das Spiel der Lenkung und der Kupplung, auf den Zustand der Bremsen, auf verdächtige Geräusche im Motor, im Getriebe und an der Karosserie.

- Im heutigen Straßenverkehr sind leichte Karambolagen an der Tagesordnung. Leichte Unfallschäden sind, wenn sie fachmännisch repariert wurden, allein kein Grund, das Fahrzeug nicht zu kaufen. Ein solches Fahrzeug darf sogar als »unfallfrei« bezeichnet werden. Schwere Unfallschäden müssen aber auf Befragen auf jeden Fall angegeben werden.

- Falsche Aussagen können Sie meist an Ort und Stelle nicht nachprüfen. Lassen Sie sich deshalb schriftlich versichern, daß der angezeigte Kilometerstand stimmt und der Wagen »unfallfrei« ist.

- Wenn Sie Zweifel am tatsächlichen Zustand des Gebrauchtwagens haben, lassen sie diesen bei anhaltendem Kaufinteresse von einem Sachverständigen begutachten. Die Gebühren stehen in keinem Verhältnis zu möglichem, späterem Ärger.

- Die Preise für Gebrauchtwagen sind ziemlich einheitlich. Zu große Differenzen zu den allgemeinen Marktpreisen sind in jedem Falle verdächtig. Nachfragen lohnt sich.

- Vorsicht bei sogenannten günstigen Angeboten von mittlerweile selten gewordenen Gebrauchtwagen. Gut erhaltene Modelle dieser Serie haben bereits ihren Liebhaberpreis. Wenn der geforderte Preis zu sehr davon abweicht, ist irgendetwas faul. Niemand gibt Ihnen etwas günstig, was normalerweise hochbezahlt wird.

- Denken Sie aber auch daran: Ein Gebrauchtwagen ist kein Neuwagen. Abnützung müssen Sie in Kauf nehmen. Aber der Preis muß in der Relation zum Gegenwert stehen, und Täuschungsmanöver verärgern.

- Ausschlußklauseln – z.B. »Gekauft wie besichtigt und unter Ausschluß jeder Gewährleistung« – sind hinfällig, wenn der Verkäufer einen Mangel am Fahrzeug arglistig verschweigt.

- Arglistig verschwiegen hat der Käufer einen Mangel, wenn er unaufgefordert hätte darauf hinweisen müssen oder wenn er trotz Befragung durch den Kaufinteressenten wider besseres Wissen auf den Mangel nicht hinwies.

- Ein arglistig getäuschter Käufer hat neben dem Recht auf Anfechtung auch die Wahl zwischen Wandelung (Rückgängigmachung des Kaufs) und Minderung (Herabsetzung des Kaufpreises).

- Wandelung oder Minderung kommen nicht nur bei Unfallfahrzeugen in Betracht, sondern auch dann, wenn etwa das Baujahr oder der Kilometerstand falsch angegeben wurden.

- Seriöse Händler bzw. die Vertragswerkstätten großer Firmen geben mittlerweile in aller Regel auch auf Gebrauchtwagen eine Garantie, mit der die meisten »Streitigkeiten« von vornherein abgedeckt sind.

So bekommt das Auto einen Namen

Die besten Tips für Zulassung und TÜV

Formalitäten bei der Zulassungsstelle

Bei Neuwagen sind die Formalitäten für die Zulassung im allgemeinen kein Problem. In aller Regel werden Sie sogar vom Händler erledigt.

- Erste Voraussetzung, damit das Auto einen Namen, d.h. ein Nummernschild bekommt, ist der Nachweis einer abgeschlossenen Haftpflichtversicherung.

- Diesen Nachweis liefert die sog. Doppelte Versicherungskarte. Ihr Versicherungsagent schickt sie Ihnen auf Antrag zu.

- Nehmen Sie zur Zulassung auf jeden Fall den Paß oder einen Personalausweis mit.

- Bevor Sie sich vor einem Schalter in die Schlange der Wartenden einreihen, erkundigen Sie sich, ob Sie am richtigen Schalter stehen.

- Nehmen Sie genügend Bargeld oder Scheck und Scheckkarte mit. Einige Bearbeitungsgebühren und die Anfertigung der Nummernschilder müssen sofort bezahlt werden.

- Vergessen Sie nicht, einen Kugelschreiber einzustecken, denn Sie müssen auf der Zulassungsstelle mindestens ein Formular ausfüllen.

- Wenn Sie Fragen haben, nicht warten bis man an einem Schalter mühsam an der Reihe ist. Fast in jeder Zulassungsstelle gibt es einen eigenen Informationsschalter. Sonst nach Leuten Umschau halten, die mehrere Nummernschilder unterm Arm haben. Das sind meist Händler oder solche, die ein Zulassungsbüro haben. Letztere stehen auch im Telefonbuch und nehmen Ihnen gegen eine geringe Gebühr die ganzen Zulassungsformalitäten ab.

- Wenn möglich, wird der Wunsch nach einer speziellen Nummer erfüllt. In München z.B. »M–AX« oder in Stuttgart »S–EX«. Diesen Wunsch rechtzeitig äußern. Wenn die Papiere erst einmal im Computer sind, ist dieser Service nicht mehr möglich.

- Die meisten Zulassungsstellen sind nur vormittags geöffnet.

- Beim Gebrauchtwagen können die Formalitäten für die Zulassung etwas komplizierter werden.

- Bleibt der Gebrauchtwagen in derselben Stadt bzw. im selben Landkreis, behält er auch das Nummernschild. Die Zulassung beschränkt sich dann auf eine Besitzumschreibung.

- Doppelte Versicherungskarte, Paß oder Personalausweis und Kraftfahrzeugbrief müssen aber gleichfalls der Zulassungsstelle vorgelegt werden.

- Wird der Wagen in einer anderen Stadt bzw. in einem anderen Landkreis zugelassen, sind die Formalitäten ähnlich wie bei der Zulassung eines Neuwagens.

- Ist der TÜV abgelaufen, müssen Sie noch mit der alten Nummer – falls diese bereits entfernt mit einer roten Nummer beim TÜV vorfahren. Ohne den Vermerk, daß die Plakette noch gültig ist, bekommen Sie keine neue Nummer.

- Wenn Sie einen gebrauchten Wagen verkaufen, lassen Sie sich vom Käufer die doppelte Versicherungskarte zeigen und eine Bestätigung unterschreiben, daß er sich verpflichtet, den Wagen innerhalb von drei Tagen umzumelden.

- Der Besitz der doppelten Versicherungskarte gilt als Nachweis für eine abgeschlossene Haftpflichtversicherung. Wenn dem neuen Besitzer etwas passiert, solange das Fahrzeug noch auf Ihren Namen zugelassen ist, z.B. auf der Fahrt zur Zulassungsstelle, kommt dann bereits seine Versicherung und nicht mehr Ihre Versicherung für den Schaden auf.

- Schließen Sie auch beim Gebrauchtwagenkauf einen ordentlichen Kaufvertrag ab. Vorgedruckte Formulare gibt es bei den Automobilclubs, bei den Versicherungen und in Geschäften mit Büromaterial.

- Um einen Wagen zuzulassen – Neu- oder Gebrauchtwagen – genügt es, mit den entsprechenden Papieren und bei der Um- oder Abmeldung mit den Nummernschildern bei der Zulassungsstelle zu erscheinen. Sie können also das notwendige Ab- und Anmontieren der Schilder auch zu Hause vornehmen.

- Zum Schluß noch ein wichtiger Hinweis. Sie dürfen nicht – auch nicht kurzfristig – mit einem unversicherten Wagen fahren. Und Sie dürfen mit keinem Wagen fahren, dessen Nummernschilder entstempelt sind.

Der Mann in der Grube – Vorfahrt beim TÜV

Der Paragraph 29

- Halter von Personenwagen müssen nach § 29 der Straßenverkehrs-Zulassungs-Ordnung auf ihre Kosten in regelmäßigen Zeitabständen feststellen lassen, ob ihre Fahrzeuge den Vorschriften entsprechen. Die Fahrzeuge müssen hierzu einem amtlich anerkannten Sachverständigen oder Prüfer für den Kraftfahrzeugverkehr vorgeführt werden.

- Zur Zeit gilt dafür die Zweijahresfrist. In der Diskussion ist bei Neuwagen eine Drei- bzw. Vierjahresfrist.

- Wer die Prüfer, die mit den meisten Kunden und Fahrzeugen keine leichte Arbeit haben, für schikanöse Beamte hält und sie entsprechend behandelt, wird sein Vorurteil bestätigt finden. Wer dagegen der Ansicht ist, daß diese Untersuchung und die Feststellung der Mängel der eigenen Sicherheit dient, braucht an der Menschheit auch nach der Vorfahrt nicht zu verzweifeln.

Termin geben lassen

- Bei den meisten TÜV-Prüfstellen kann man sich mittlerweile telefonisch anmelden.

- Im Telefonbuch nicht unter »TÜV« suchen, sondern unter Technischer Überwachungsverein.

- Auf der Plakette auf dem hinteren Nummernschild sind die Jahreszahl und der Monat angegeben, in welchem man vorfahren muß.

- Sie haben dann noch zwei Monate Karenzzeit. Aber dann wird es ernst. Wenn die Zahl auf der Plakette Juli – also die 7 – anzeigt, dann müssen Sie spätestens am 1. September eine neue Plakette haben.

- Die Plakette hat jedes Jahr eine andere Farbe. Wenn Ihre »Karenzzeit« zum Jahresende ausläuft, können Sie sicher sein, daß dieser Mangel sehr schnell entdeckt wird. Jeder Polizist sieht nämlich schon an der Farbe, daß die Plakette nicht mehr gültig ist.

- Vorsicht! Eine nicht mehr gültige Plakette ist ein sogenanntes »immerwährendes Delikt«. Sie können also wegen dieser Ordnungswidrigkeit immer wieder zur Kasse gebeten werden.

- Die Höhe des Bußgeldes wird mit jedem überschrittenen Monat größer.

Wagen waschen und andere Tips zur Vorbereitung

- Kein Prüfer macht sich gerne schmutziger als notwendig. Deshalb vor der Fahrt zur Hauptuntersuchung den Wagen waschen oder waschen lassen.

- Elektrische Anlagen vorher überprüfen. Es macht nicht gerade den besten Eindruck, wenn nicht einmal die Beleuchtungsanlage in Ordnung ist.

- Der Glaube, Frauen bekämen die Plakette leichter, ist weitverbreitet, aber eben nur ein Glaube.

- Grundsätzlich kann der Wagen von jeder Person vorgefahren werden.

- Bei Fremdpersonen ist in aller Regel aber eine Vollmacht notwendig.

- Falls am Fahrzeug keinerlei Änderungen vorgenommen wurden, die eine besondere Abnahme erfordern wie beispielsweise der Anbau einer Anhängerkupplung, genügt für die Hauptuntersuchung der Kraftfahrzeugschein. Der Kraftfahrzeugbrief ist nicht erforderlich.

- In der Bundesrepublik können Sie für die Hauptuntersuchung bei jeder TÜV-Prüfstelle vorfahren.

- Nebelleuchten sind nicht vorgeschrieben. Wenn sie aber am Fahrzeug angebracht sind, dann müssen sie funktionieren.

- Lieber mit der Mängelliste vom TÜV zur Werkstatt, als der Werkstatt wegen der bevorstehenden Hauptuntersuchung einen »Freibrief« für alle möglichen Reparaturen zu geben.

- Da die Handbremse nur noch selten benutzt wird, bringt sie meist die vom TÜV geforderten Werte nicht. In den meisten Fällen hilft, wenn man vorher streckenweise mit mäßig angezogener Handbremse fährt.

- Die Abgasprüfung bringt mit warmgefahrenem Motor gleichfalls eher die gewünschten Daten.

- Warndreieck und Verbandskasten nicht vergessen.
- Nicht nur der »TÜV«, sondern auch die »DEKRA« ist zur Abnahme der Hauptuntersuchung nach § 29 der Straßenverkehrszulassungsordnung berechtigt.
- Der Fahrzeughalter wird zur Hauptuntersuchung nicht aufgefordert.
- Er ist selbst verpflichtet dafür zu sorgen, daß die aus Prüfplakette und Kraftfahrzeugschein ersichtliche Frist nicht überschritten wird.
- In jedem Falle darauf achten, daß nicht nur die Plakette am Fahrzeug angebracht wird, sondern die durchgeführte Hauptuntersuchung auch in den Kraftfahrzeugschein eingetragen wird.
- Die bei den Untersuchungen festgestellten Mängel müssen in angemessener Frist beseitigt werden.
- Die Frist wird von der für die Prüfung verantwortlichen Person festgesetzt.

Beim Bremsen geht's dahin

Die besten Tips für
das Fahren im Gebirge,
bei Eis und Schnee
und schlechtem Wetter

Tips und Tricks für das Fahren in Grenzsituationen

Mit dem Auto in die Alpen

- Vor Antritt der Reise den Wagen unbedingt auf einwandfreien Zustand überprüfen.

- Kupplung, Bremsen und Reifen werden bei Paßfahrten stärker als sonst beansprucht. Die Bremsflüssigkeit sollte nicht älter als zwei Jahre sein.

- Die Bremsflüssigkeit ist hygroskopisch, d.h. sie zieht Wasser aus der Luft an. Dieses Wasser kann einmal über die Belüftungsbohrung im Vorratsbehälter aus der feuchtigkeitshaltigen Atmosphäre oder aber auch beim Waschen in das System gelangen. Auch durch Diffusion an den Bremsschläuchen können kleine Wassermengen eintreten.

- Je mehr Wasser nun die Bremsflüssigkeit aufgenommen hat, umso stärker sinkt ihr Siedepunkt.

- Der Siedepunkt von unversetzter, neuer Bremsflüssigkeit liegt zwischen 250 und 300 Grad.

- Der Siedepunkt sinkt bereits bei einigen Prozent Wassergehalt auf 150 Grad und darunter.

- Bei einer einzigen Abbremsung von 100 km/h auf 0 wird eine Wärmemenge frei, die in der gleichen Zeit 1 Liter Wasser von 0 Grad auf 100 Grad erhitzen kann.

- Ein geringer Verbrauch an Bremsflüssigkeit ist z.B. im Laufe eines Jahres natürlich.

- Muß man allzuoft nachfüllen, sollte man in der Werkstatt prüfen lassen, ob die Bremsanlage nicht an irgendeiner Stelle undicht geworden ist.

- Der Behälter für die Bremsflüssigkeit ist durchsichtig und ähnelt dem der Scheibenwaschanlage.

- Die maximale Füllmenge und das Minimum sind durch Striche markiert.

- Vorsicht beim Umgang! Bremsflüssigkeit ist giftig und wirkt u.a. als starkes Lösungsmittel.

- Spritzer auf der Lackierung oder an der Kleidung und an den Händen können erheblichen Schaden anrichten, wenn man sie nicht sehr schnell mit Wasser beseitigt.

- Während der Fahrt im Gebirge die Kontroll-Instrumente öfter als bei »Normalfahrten« beobachten. Insbesondere das Thermometer sollte man im Auge behalten.

- Wenn man anhalten muß, weil das Kühlwasser kocht, nicht gleich den Motor abstellen. Es ist besser den Motor weiterlaufen zu lassen, die Kühltemperatur sinkt dann schneller. Erst dann mit einem Tuch vorsichtig den Kühlerverschluß öffnen und langsam Wasser nachgießen.

- Bei der Bergauffahrt frühzeitig in den niedrigeren Gang schalten, um ein untertouriges Fahren zu verhindern.

- Möglichst nicht in einer Kehre schalten, da bei vielen älteren Bergstraßen gerade dort die steilste Stelle ist und man gleichzeitig mit dem Lenken alle Hände voll zu tun hat.

- Beim Fahren bergab galt früher die Regel, immer den Gang zu wählen, den man auch für die Bergauffahrt benötigt hätte. Heute gilt dies nicht mehr unbedingt, denn die Bremsen unserer Autos sind entschieden besser geworden. Dennoch kann ein gewisses Nachlassen der Bremswirkung bei einer langen Talfahrt nie ganz ausgeschlossen werden.

- Bei nachlassender Bremswirkung, in kurzen Abständen Bremspedal immer wieder durchtreten. Dadurch baut sich der Druck wieder auf.

- Ist die Bremse zu heiß geworden – Sie spüren dies am sogenannten Fading, einem Nachlassen der Bremswirkung – auf dem nächsten Parkplatz die Bremse abkühlen lassen.

- Sollte einmal die Bremse total ausfallen, hilft nur noch eines: Sofort möglichst schräg gegen die Bergseite lenken und den Wagen durch Entlangschrammen an der Felswand zum Stehen bringen.

Die Fahrt durch die Röhre

- Wenn Sie an Klaustrophobie, an Angstgefühlen bei einem Aufenthalt in geschlossenen Räumen leiden, sollten Sie Ihren Wagen besser nicht durch einen Straßentunnel lenken.

- Die Tunnels werden immer länger – der neue Arlberg-Straßentunnel z.B. ist über 13 Kilometer lang – und nicht wenige bekommen mit zunehmender Länge ein ungutes Gefühl.

- Im Tunnel sich an gut sichtbaren Linien weit nach vorne orientieren. Zu nahe Orientierungspunkte lassen die Geschwindigkeit durch die nahen Wände höher erscheinen.

- Sonnenbrille rechtzeitig abnehmen – Abblendlicht einschalten.

- Der Beginn des Tunnels erscheint zunächst wie ein schwarzes Loch. Nicht erschrecken. Sobald Sie die Grenze zwischen Hell und Dunkel überfahren haben, sehen Sie wieder genügend.

- Im Tunnel: Vorsicht beim Überholen von Lastwagen. Diese fahren wegen der Tunnelwölbung am Rande, häufig weiter links.

- Vorsicht vor Wasserpfützen durch Tropf- und Sickerwasser.

- Bei Stauungen Motor ausschalten.

- Bei der Ausfahrt daran denken, daß sowohl der Fahrbahnbelag als auch das Wetter am Ende des Tunnels anders sein kann als bei der Einfahrt.

- Bei einer Panne nicht in Panik verfallen. Den Wagen, wenn noch irgendmöglich in eine Nische steuern. Dort finden Sie auch die Notrufsäulen.

- Bei einer Panne sollten die übrigen Insassen im Wagen bleiben. In einem Tunnel rechnet man nämlich nicht mit Fußgängern.

Tips und Tricks für das Fahren im Winter

Die richtigen Reifen

Entscheidend für eine sichere Fahrt im Winter sind die Reifen. Mit Sommerreifen macht auch der größte Könner auf Eis und Schnee eine schlechte Figur.

- Sogenannte Ganzjahresreifen sind zwar in vielen Gegenden als Winterreifen zugelassen, bringen aber im Gebirge nicht den gewünschten Erfolg.

- Ganzjahresreifen können dann auf dem Fahrzeug belassen bleiben, wenn Sie bereit sind, von Fall zu Fall Schneeketten aufzuziehen.

- Entscheidend für gutes und sicheres Vorwärtskommen im Winter ist die Profiltiefe.

- Gesetzlich vorgeschrieben sind 1 mm.

- Der ADAC empfiehlt bei Sommerreifen im Winterfahrbetrieb mindestens 4 mm – bei Winterreifen mindestens 3 mm.

- Bei Winterreifen bauartbedingte Geschwindigkeitsbegrenzung beachten. Generell nicht schneller als 160 km/h fahren.

- Wer sich Winterreifen zulegt, braucht 4 gleiche am Auto. Bei unterschiedlicher Bereifung kann der Wagen beim Bremsen ins Schleudern kommen.

- Reifen unterschiedlicher Bauart (Diagonal/Gürtelreifen) am Fahrzeug sind verboten.

- Auf einen überraschenden Wintereinbruch kann man übrigens schnell reagieren, wenn man die Winterreifen auf einen Extra-Satz Felgen bereits montiert hat. Man braucht dann nur die Räder auszuwechseln.

Schneeketten oder Anfahrhilfen

- Für extreme Schneeverhältnisse oder Fahrten im Gebirge ist die Schneekette das sicherste und wirksamste Hilfsmittel.

Es gibt hier die unterschiedlichsten Konstruktionen:

- *Leiterketten* (ähnlich einer Leiter). Sie sind am einfachsten und billigsten, aber technisch eigentlich längst überholt.

- *Zick-Zack-Ketten.* Sie haben schräg über den Reifen verlaufende Kettenstränge, die den Wagen besser in der Spur halten.

- *Spurkreuzketten.* Sie setzen sich aus mehreren kreuzförmigen Kettensträngen zusammen, die eine noch bessere Seitenführung, vor allem beim Kurvenfahren, ergeben.

- Anfahrhilfen können dann eingesetzt werden, wenn ein steckengebliebenes Fahrzeug wieder flott gemacht werden soll bzw. wenn es sich nicht lohnt, auf ganz kurzen Problemstrecken Ketten anzulegen.

Autozubehör für den Winter

Der ADAC sagt was notwendig, nützlich und entbehrlich ist

Kaum noch zu überblicken ist das Angebot an Autozubehör für die kalte Jahreszeit. Vom simplen Eiskratzer bis hin zu Eiswarngeräten und Türschloßheizern hat die Zubehör-Industrie alles auf Lager. Damit Autofahrer nicht Geld für Überflüssiges ausgeben, sagt der ADAC was notwendig, nützlich und entbehrlich ist.

Folgende Hilfsmittel sollte man dabei haben:

- Eiskratzer mit stabilem Griff und einer glatten Kante gegen Eis und Reif, einer Sägezahnkante gegen dickere Eisschichten und einer Gummikante für nasse Scheiben.

- Besen zum Abkehren des Schnees.

- Handschuhe, möglichst wasserdicht, damit die Hände warm bleiben.

- Gummimatten mit Waffelmuster im Fußraum, damit sich die Bodenmatten nicht voll Wasser saugen.

- Damit das Schmelzwasser auf den Gummimatten nicht zum Hochwasser wird, dieses von Zeit zu Zeit mit alten Zeitungen aufsaugen.

- Türschloßenteiser (nicht im Auto lassen sondern in der Manteltasche!).

- Scheibenenteiser gegen hartnäckige Eisschichten.

- Frostschutz für die Scheibenwaschanlage.

- Starthilfekabel, wenn der Wagen unerwartet mal nicht anspringt (zu empfehlen sind Kupferkabel mit mindestens 16 mm Querschnitt, 3 m Länge und großen Zangen).

- Schneeketten oder Anfahrhilfe.

- Sandsack mit Streusplitt oder Katzenstreu.

- Schaufel für den Fall, daß man mal hartnäckig festsitzt.

- Decke als Unterlage z.B. bei der Schneekettenmontage.

- Verzichten kann man nach Meinung des ADAC beispielsweise auf ein Eiswarngerät, das noch dazu nicht verläßlich ist, weil es nur die Außentemperatur, nicht aber die Bodentemperatur anzeigt. Nicht ganz risikolos sind sogenannte Starthilfe-Sprays, die leicht entzündbar sind.

- Überflüssig sind z.B. Schlüssel- oder Türschloßheizer (mit einem Enteisungsmittel erreicht man das Gleiche billiger) und Frostschutzprüfer. Ihn braucht man einmal im Jahr: da fährt man besser zu seiner Tankstelle oder Werkstatt.

Vom Eise befreit

- Heißes Wasser hilft bei zugefrorenen Scheiben nur bei milden Temperaturen. Schon bei mittlerem Frost, gefriert auch dieses sofort wieder an.

- Pappkarton unter die Scheibenwischer geklemmt, halten die Scheibe auch bei starkem Frost eisfrei.

- Noch besser für diesen Zweck sind ausgediente Röntgenbilder. Die Scheibe bleibt klarer.

- Zugefrorene Türschlösser bekommt man fast immer mit einem Feuerzeug auf. Aber nicht das Schloß, sondern den Schlüssel erhitzen.

- Nicht wenige haben sich dabei freilich schon die Finger verbrannt. Deshalb vorher Handschuhe anziehen.

- Die meisten Autofahrer versuchen dieses Experiment immer nur an der Fahrertür. Dabei ist oft die Beifahrertür geschützter und deshalb in aller Regel weniger vereist.

- Wenn der Schlüssel abbricht, hilft in aller Regel ein Magnet weiter.

- Viele Maskottchen am Armaturenbrett haften magnetisch. So können sie auch einmal Helfer in der Not sein.

- Am Besten hilft Leukoplast oder Tesafilm, um das Einfrieren des Türschlosses zu verhindern.

- Am Abend damit das Türschloß einfach zukleben.

- Wer in seinem Garten Stromanschluß, aber keine Garage hat, muß auf ein vorgewärmtes Auto nicht verzichten. Ein elektrischer Ofen – nach dem Aufstehen eingeschaltet – erfüllt die gleichen Dienste wie eine Zusatzheizung – nur billiger.

Fahrtechnik im Winter

- Zum Vordermann einen dreimal so großen Abstand halten wie auf trockener Straße.

- Beim Bremsen das Blockieren der Räder vermeiden. Blockierende Räder lassen sich nicht mehr lenken.

- Auf Glatteis zum Bremsen nicht herunterschalten, sondern die Fußbremse betätigen. Die Fußbremse wirkt auf alle vier Räder, der Motor nur auf die Antriebsräder.

- Bei Schneefall und Nebel grundsätzlich das Fahrlicht einschalten, nicht mit Standlicht fahren.

- Vorsicht vor Kuppen, Kurven und Waldstücken sowie auf Brücken. Hier ist die Vereisungsgefahr besonders groß.

- Bevor Sie zur Katzenstreu greifen, versuchen Sie zunächst einmal durch Gewichtsverlagerung den Wagen wieder flott zu bekommen. Oft genügt es schon, wenn sich jemand auf die Kühler- bzw. Kofferraumhaube setzt, daß die Antriebsräder nicht mehr durchdrehen.

- Den Wagen im Winter – wenn möglich – immer talwärts abstellen, dann können Sie ihn am Morgen leichter anschieben. Die Räder aber leicht zum Hang hin einschlagen, damit der Wagen nicht ungewollt wegrollt.

- Wenn es während der Fahrt stark schneit, sollten Sie ab und zu anhalten und Scheibenwischer, Scheiben, Scheinwerfer, Blink- und Rückleuchten von Schnee und Eis befreien.

- Vor dem Losfahren im Winter den Schnee auch vom Autodach abkehren. Bei einer Bremsung haben Sie sonst eine Schneelawine vor der Windschutzscheibe.

- Um zu vermeiden, daß die Hosenbeine im Schmelzwasser der Gummimatten hängen, nehmen Sie ein paar Fahrrad- oder Wäscheklammern und machen damit die Hosenbeine enger.

- Besser als Gummimatten sind im Winter – zumindest auf der Fahrerseite – Schuhabstreifer wie sie vor der Haustüre liegen. Daran kann man notfalls während der Fahrt auch die Sohlen abstreifen, wenn diese glatt sind und die Gefahr besteht, daß man von den Pedalen abrutscht.

- Gummipuffer auf Brems- und Kupplungspedal auswechseln, wenn sie abgenutzt sind. Besonders im Winter rutschen Sie sonst leicht von den Pedalen ab.

- Beim Abstellen des Wagens im Winter nach Möglichkeit nicht die Handbremse anziehen. Sie könnte eingefrieren.

- Um zu verhindern, daß im Winter die Öffnung für den Wagenheber von Schnee verstopft wird, steckt man einen Sektkorken in das Loch. Für alle Fälle empfiehlt sich dann aber die Mitnahme eines Korkenziehers.

- Das Anfahren im Winter macht besondere Schwierigkeiten. Deshalb, auf winterlichen Straßen den Wagen möglichst so abstellen, daß man beim Wegfahren nicht unnötig rangieren muß.

- Wenn die Räder beim Anfahren durchdrehen, sollte man es zunächst einmal mit etwas weniger Gas versuchen.

- Da meistens ein Rad mehr durchdreht als das andere, hat man manchmal auch mit der Handbremse Glück.

- Beim Anfahren Handbremse leicht anziehen. Dies wirkt unter Umständen wie eine Differentialsperre.

- Wenn der Wagen tiefer im Schnee sitzt, Tannenzweige oder die Fußmatten unterlegen.

- An Bergstrecken Fußmatten an der hinteren Stoßstange festbinden. Sie brauchen so nämlich erst dann anzuhalten, wenn Sie auch ohne »Unterlage« wieder anfahren können.

- Nie bereuen wird man es in solchen Situationen, wenn man einen Klappspaten und ein Säckchen Sand oder Katzenstreu im Kofferraum hat.

Eiskalt reagieren

Bei kritischen Situationen, in die man häufig gerät, kann es notwendig werden, zu einem Zeitpunkt zu bremsen, in dem sich gerade zwei Räder auf einem Eisstreifen am Fahrbahnrand befinden. Beim Bremsen fährt das Fahrzeug vom rechten Fahrbahnrand weg nach links. Unter Umständen in Richtung Gegenverkehr. Einfach deswegen, weil das rechte Reifenpaar auf Eis läuft und das linke auf griffiger Fahrbahn. Die wesentlich höhere Bodenhaftung der linken Reifen zwingt das Fahrzeug zum Ausbrechen nach links.

- Hier gibt es eine erfolgreiche Abwehrmaßnahme. Nämlich eine Lenkbewegung zum Eisstreifen hin. Das Fahrzeug wird so wieder stabilisiert, weil es nämlich in den Bremspausen nach rechts zieht, beim Bremsen hingegen nach links, zur Straßenmitte. Bei ausgewogener Dosierung von Bremsen und Gegenlenken ist also ein Geradeauskurs zu erreichen.

Der richtige Abstand und andere entschärfte Situationen

Geschwindigkeit geteilt durch zwei

- Unter normalen Straßen- und Wetterbedingungen gilt für den richtigen Abstand zum Vordermann als Faustregel die Hälfte der angezeigten Geschwindigkeit in Metern.

- Angenommen Sie fahren 140 km/h. Die Hälfte ist 70. Folglich sollte Ihr Abstand zum Vordermann 70 Meter betragen.
  Das Schätzen ist aber nicht jedermanns Sache. Und so gibt es für den richtigen Abstand eine weitere leicht zu merkende Regel:

- Der richtige Abstand entspricht jener Strecke, die Sie in zwei Sekunden zurücklegen. Und zwar bei jeder Geschwindigkeit.

- Fixieren Sie einen markanten Punkt an der Autobahn, z.B. ein Hinweisschild oder eine Brücke. Hat Ihr Vordermann diesen Punkt passiert, zählen Sie langsam Einundzwanzig – Zweiundzwanzig.
  Sind Sie bei 22 gleichfalls an dem Hinweisschild oder an der Brücke angekommen, dann haben Sie den richtigen Abstand zum Vordermann.

Hütchen und Querstreifen

- Immer häufiger führt die Polizei auf Autobahnen Abstandsmessungen durch. Dies geht allerdings nur dort, wo vor einer Brükke Querstreifen auf die Autobahn gemalt sind. Ohne diese Querstreifen hätte die Polizei bei der Auswertung der Bilder keinen Anhaltspunkt für die Entfernung.

- In aller Regel wird als weiterer Markierungs- und Orientierungspunkt vor der Messung ein rot-weiß gestreiftes Hütchen an den Beginn der Meßstrecke gestellt.

- Selbstauslösekabel machen es nicht mehr notwendig, daß der Beamte auf der Brücke neben der Kamera stehen muß.

Auffahrunfälle

45% aller Karambolagen auf den Autobahnen sind Auffahrunfälle, in der Hauptreisezeit steigt diese Zahl bis auf 70%.
So können Sie mithelfen Auffahrunfälle zu vermeiden:

- Bei dichtem Verkehr auf der Autobahn insbesondere in Kurven mit einem Stau rechnen.

- Bei unklaren Verkehrsverhältnissen Abstand zum Vordermann vergrößern.
- Gestaffelt fahren, um mehr Fahrzeuge als nur das des Vordermannes überblicken zu können.
- Bremsreaktion der Verkehrssituation anpassen. Solange der Verkehr noch fließt, rechnet der Hintermann nicht mit einer Notbremsung. Viele Autofahrer gehen voll auf die Bremse, sobald in der Kolonne irgendwo ein Bremslicht aufleuchtet.
- Als Letzter im Stau sollten Sie schon beim Ausrollen die Warnblinkanlage einschalten und den Hintermann im Rückspiegel beobachten.
- Zum Vordermann nicht zu dicht aufschließen, um notfalls noch ausweichen zu können.
- Warnblinkanlage und Motor erst ausschalten, wenn mindestens 6–10 Fahrzeuge hinter einem zum Stehen gekommen sind. Ein Lastzug, der nicht mehr rechtzeitig anhalten kann, kann unter diesen Umständen ein halbes Dutzend Fahrzeuge zusammenschieben.
- Wird ein unabwendbarer Heckaufprall rechtzeitig, z.B. im Rückspiegel, bemerkt, sollte man sich auf den Vordersitzen mit dem Rücken gegen die Sitzlehne und mit dem Kopf gegen die Kopfstütze pressen.
- Auf den Rücksitzen die Hände ganz fest im Nacken verschränken und so den Kopf davor schützen, daß er nach dem Aufprall extrem nach hinten geschleudert wird.
- Auf keinen Fall vor dem »Crash« noch nach hinten schauen, denn durch die zusätzliche Drehbewegung des Halses würden noch kompliziertere Verletzungen entstehen.

Kolonnenverkehr

- Im dichten Kolonnenverkehr auf der Autobahn – insbesondere vor unübersichtlichen Stellen – gelegentlich die Fahrzeuge auf der Gegenfahrbahn beobachten. Ab und zu gibt es weitsichtige Autofahrer, die einen vor einem drohenden Stau warnen. Lichthupe oder Handzeichen.

- Fährt ein Polizeifahrzeug mit eingeschaltetem Blaulicht langsam rückwärts einem entgegen, nicht glauben, die Beamten hätten sich verfahren. Durch dieses Manöver sollen Sie auf einen Stau aufmerksam gemacht werden.

- Steht ein Polizeihubschrauber quer zur Fahrbahn in der Luft, sollen Sie durch dieses Flugmanöver gleichfalls vor einem Stau gewarnt werden.

- Nicht erschrecken, wenn die Beamten über Lautsprecher Sie aus der Luft ansprechen. Dies dient nur zur weiteren Information, weil nicht jeder Autofahrer die Bedeutung des Flugmanövers richtig zu deuten weiß.

- Im Stau eine Gasse für Rettungs- und Hilfsfahrzeuge freilassen.

- Vor dem Öffnen der Autotür im Stau auf solche Fahrzeuge und auf Motorradfahrer achten. Nicht alles steht, wenn man selbst nicht mehr weiterkommt.

- Auch bei Staubildung ist es verboten, die Standspur als reguläre Fahrbahn zu benutzen.

- Im Sommer den Motor nur ausschalten, wenn abzusehen ist, daß der Halt im Stau länger dauert. Bei heißen Temperaturen springt der Motor nämlich unter Umständen nur schlecht wieder an. Und wenn es eigentlich weiter gehen könnte, macht jede zusätzliche Verzögerung besonders nervös. Unter diesem

Druck bringen Sie dann Ihr Fahrzeug erst recht nicht mehr zum Laufen.

- Kinder auf Autobahnen grundsätzlich nicht aussteigen lassen.

- Mit Mohammedanern rechnen, die die Stunde nutzen, um sich auf ausgebreiteten Gebetsteppichen gen Osten neigen. (Laut Polizeibericht passiert auf der Autobahn München – Salzburg)

- Bei Nacht im Stau Licht anlassen. Standlicht genügt.

Aquaplaning

- Ein Auto kann nur eine gewisse Wassermenge auf der Straße verdrängen. Wieviel hängt von der Reifenart, von der Profiltiefe und von der Geschwindigkeit ab. Sobald das Wasser nicht mehr verdrängt werden kann, bildet sich zwischen Fahrbahn und Reifen ein Wasserfilm, auf dem der Wagen aufschwimmt. In dieser Situation ist das Fahrzeug manövrierunfähig.

  Folgende Tips können Schlimmeres verhindern:

- Bei nassen Fahrbahnen auf Wasserlachen achten.

- Vor der Durchfahrt Geschwindigkeit reduzieren.

- Darauf achten, ob alle vier oder nur zwei Räder – also entweder die linken oder die rechten – durch die Wasserlache fahren.

- Bevor der Wagen aufschwimmt, wird er durch den Widerstand des Wassers abgebremst.

- Bei einseitiger Durchfahrt zieht der Wagen nach links oder nach rechts.

- Ein Wagen, der mit sog. Breitreifen ausgerüstet ist, schwimmt bei starkem Regen leichter auf.

- Der Hinweis »Mit 80 fahren Sie Wasserski« gilt hier in besonderem Maße.

- Schwimmt der Wagen total auf, nicht unkontrolliert am Lenkrad drehen und nicht unkontrolliert bremsen. Die meisten »Aquaplaning-Unfälle« sind nicht in erster Linie auf das »Aufschwimmen« zurückzuführen, sondern auf die dabei eingeleiteten falschen Reaktionen.

- Solange der Wagen »schwimmt« ändert er auch durch eine Lenkbewegung seine Richtung nicht. Dadurch irritiert, drehen viele Autofahrer verzweifelt weiter am Lenkrad. Sie verlieren immer mehr den Überblick über den Stand der Räder. Wenn dann die Räder wieder Kontakt mit der Fahrbahn bekommen, beginnt bei falsch eingeschlagener Lenkung erst der eigentliche Schleuderprozeß. Das Gleiche gilt für den Bremsvorgang.

- Am besten: Gas weg und Lenkrad festhalten. Erst reagieren, wenn die Reifen wieder Kontakt mit der Fahrbahn haben.

Bei schlechtem Wetter

- Bei unklaren Wetter- und Straßenverhältnissen, insbesondere bei Nacht, auf akustische Veränderungen achten. Die Abrollgeräusche der Reifen sind auf nassen Fahrbahnen anders als auf trockenen.

- Auch zwischen Nässe und Glatteis gibt es akustische Unterschiede.

- Bei wechselnden Wetter- und Straßenverhältnissen Unterhaltung im Wagen einstellen, Radio leise drehen und das Fenster aufmachen.

- Bei starkem Seitenwind genügt es nicht, die Fenster zu schließen. Lenkrad festhalten und notfalls dagegenlenken. Vorsicht in Schneisen, wenn der Winddruck plötzlich weg ist, ist das Lenkrad falsch eingeschlagen.

- Besonders kritisch ist Seitenwind auf Brücken. Nicht allein deshalb, weil sie ungeschützt sind, sondern weil der Wagen auf den Schwellen vor jeder Brücke ausfedert und dadurch leicht an Bodenhaftung verliert.

- Beim Überholen auf noch nasser Fahrbahn, Scheibenwischer schon vor dem Überholvorgang einschalten. Sie werden dann erstens vom Spritzwasser nicht überrascht und müssen zweitens nicht während des Überholvorganges den Hebel für den Scheibenwischer suchen.

- Auch wenn Ihnen auf nasser Fahrbahn ein Fahrzeug entgegenkommt, nicht warten bis dieses die eigene Windschutzscheibe vollgespritzt hat. Auch hier rechtzeitig den Scheibenwischer einschalten.

- Oft sieht man im Nebel besser, wenn man den Scheibenwischer anmacht. Zumindest wird dadurch jener Wasserdampf weggewischt, der sich aus dem Nebel auf der Scheibe niedergeschlagen hat.

- Beim Reinigen der Scheiben, die Wischerblätter nicht vergessen.

- Am besten reinigt man die Wischerblätter mit der unverdünnten Flüssigkeit für die Scheibenwaschanlage.

- Wer viel im Auto raucht, sollte die Scheiben gelegentlich auch von innen abwaschen.

Einparken

- Beim Einparken in einer Geschäftsstraße kann man die Schaufensterscheiben als seitlichen Spiegel benutzen. So sehen Sie genau, wieviel Abstand Ihr Wagen zu dem Fahrzeug hat, das vor oder hinter Ihnen steht.

- Sie haben beim Rückwärtsfahren den besseren Überblick, wenn Sie den Kopf nicht nach links, sondern nach rechts hinten drehen. Zur Stabilisierung des Körpers den rechten Arm auf die Rückenlehne des Beifahrersitzes legen.

- Fast jede Autotüre wird zumindest von innen anders geöffnet. Insbesondere bei Nacht findet man in einem fremden Auto nur selten auf Anhieb die Türöffnung. Nach einem Unfall kann es aber wichtig sein, das Auto schnell zu verlassen. Lassen Sie sich deshalb nach dem Einsteigen erklären, wie die Türe von innen zu öffnen ist.

Bei Nacht sind nicht alle Katzen grau

- Manche schwören auf Preiselbeeren vor Antritt einer Nachtfahrt. Andere essen Gelberüben (wegen des hohen Vitamin-A-Gehaltes).
  Die Nacht wird dadurch nicht zum Tage, aber man soll besser sehen können.

- Noch wichtiger sind saubere Scheinwerfergläser.

- Ersatzbirnen und Ersatzsicherungen nicht vergessen.

- Wird man geblendet, nicht weiter in die entgegenkommenden Scheinwerfer blicken. Das Auge zum dunklen Straßenrand hinwenden.

- Wird man von einem nachfolgenden Fahrzeug geblendet, kurzfristig den Rückspiegel aus den blendenden Scheinwerfern herausstellen oder mit einem Tuch abdecken.

Liebe auf den ersten Blick

Die besten Tips für den Umgang mit Ordnungshütern

Allgemeine Verkehrskontrolle

Die Polizei ist ein Sicherheitsorgan und in erster Linie zu unserem Schutz eingesetzt. Es ist also keine »Anmaßung«, wenn die Beamten für Sicherheit und Ordnung sorgen.

- Allgemeine Verkehrskontrollen nicht als Schikane ansehen.

- Die Beamten nicht gleich darauf hinweisen, daß sie lieber den Terror bekämpfen und Kriminelle einfangen sollen.

- Die Beamten nicht mit der Bedeutung der eigenen Person konfrontieren nach dem Motto: »Wissen Sie überhaupt, wer ich bin?«

- Autofahrer sind verpflichtet, Führerschein und Kraftfahrzeugschein mitzuführen.

- Reisepaß oder Personalausweis müssen nicht ständig mitgeführt werden.

- Für die unkomplizierte Identifikation ist es aber ratsam, auch diese Papiere ständig bei sich zu haben.

- Polizeibeamte sind auch ohne Angaben von Gründen berechtigt, sich die Ausweispapiere zeigen zu lassen.

- Auf Verlangen müssen diese kurzfristig dem Beamten ausgehändigt werden.

- Aktiv müssen Sie an der Aufklärung der Ihnen zur Last gelegten Vergehen oder Ordnungswidrigkeiten nicht mitarbeiten.

- Bei Verdacht auf Trunkenheit am Steuer kann man Sie z.B. nicht zwingen, in das Röhrchen zu blasen, auf dem Strich zu gehen oder andere Tests mitzumachen.

- Die Beamten dürfen Sie aber zur Blutprobe mitnehmen. Deshalb hat es wenig Sinn, sich dagegen zu wehren, in das Röhrchen zu blasen.

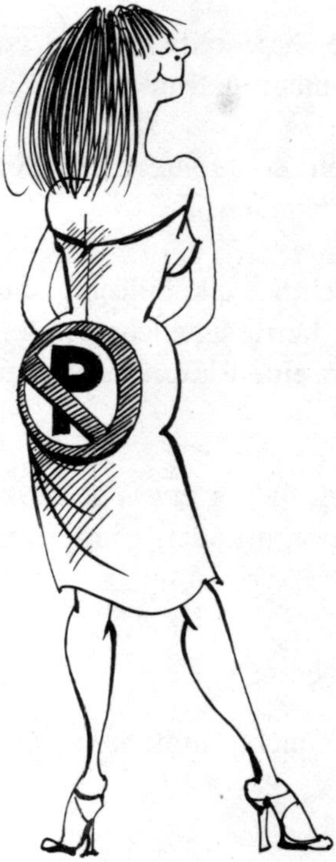

Über den Umgang mit Ordnungshütern

- Autofahrer, die von einer Zivilstreife der Polizei gestoppt werden, müssen nicht ohne weiteres darauf vertrauen, daß es sich tatsächlich um Ordnungshüter handelt.

- Anweisungen und Zeichen von Beamten in Zivil sind nur dann zwingend, wenn andere Umstände – wie z.B. eine Dienstmütze – dazukommen.

- Wer sich berechtigten Anordnungen der Polizei durch Gewalt, oder Drohung mit Gewalt widersetzt, wer gar tätlich wird, riskiert eine Strafe wegen Widerstands gegen Vollstreckungsbeamte.

- Wer eine »Fahne« hat, sollte nicht darauf bestehen, feststellen zu lassen, daß er nichts getrunken hat.

- Ähnlich wie beim Zoll sollte man bei Kontrollen zumindest Mindestmengen zugeben.

- Wer ganz offensichtlich alkoholisiert ist und behauptet, er habe nichts getrunken, befriedigt nicht, sondern weckt die Neugierde des Beamten. Um eine Blutprobe werden Sie dann kaum mehr herumkommen.

- Wer gleich zugibt, daß er etwas getrunken hat, schafft zumindest eine Diskussionsgrundlage, auf der man sich u.U. unterhalten kann.

- Nach wie vor der beste Tip:

  Wer trinkt, sollte nicht autofahren, und wer autofährt, sollte nichts trinken.

Wenn einen der Blitz der Rotlichtkamera trifft

- Immer häufiger werden Kreuzungen mit Lichtsignalanlagen mit sogenannten Rotlicht-Kameras ausgerüstet. Kamera und Blitzlicht sind mit einer Kontaktschwelle verbunden, die in die Fahrbahn eingelassen ist.
  Fährt ein Kraftfahrer bei »Rot« über die Kreuzung, wird sein Wagen zweimal fotografiert. Zweimal deshalb, weil dann festgestellt werden kann, ob doch noch angehalten wurde oder nicht.
  Wer nun in die Kreuzung hineinrutscht und dabei geblitzt wird, kann durch Zurückstoßen des Wagens noch einmal die Kamera

auslösen. Auf diese Weise haben die Ordnungshüter später vier Bilder von Ihrem Wagen und können zweifelsfrei feststellen, daß Sie doch noch einigermaßen rechtzeitig angehalten haben. Ersparnis: Mindestens DM 90.– und drei Punkte in Flensburg.

Haarspray auf das Nummernschild

- Es wird behauptet, daß das Kennzeichen des Wagens auf den Bildern nicht zu lesen ist, wenn das Nummernschild mit Haarspray behandelt wurde.
  Ich wüßte nicht, daß solche Tricks verboten sind. Aber sie muß jeder mit sich selbst ausmachen.

Wenn das Flensburger Konto voll ist

- 100 000 Autofahrer müssen sich im Durchschnitt im Jahr einer sogenannten medizinisch-psychologischen Untersuchung unterziehen, die von den Technischen-Überwachungsvereinen durchgeführt werden.
  Solche Untersuchungen können von den Straßenverkehrs-Behörden dann angeordnet werden, wenn ein Autofahrer beispielsweise 18 Punkte in Flensburg angesammelt hat.
  Aber auch Führerscheinbewerber, die an einem geistigen oder körperlichen Gebrechen leiden oder zum drittenmal bei der Fahrprüfung durchgefallen sind, müssen sich begutachten lassen.
  Wer zu einem medizinisch-psychologischen Test geladen wird, sollte folgende Ratschläge beachten:

- Vorher ausgiebig schlafen, damit volle Leistungsfähigkeit gegeben ist.

- Auf keinen Fall zuvor Alkohol, Aufputsch- oder Beruhigungsmittel einnehmen.

- Nicht zu üppig essen, weil das Blut im Kopf und nicht im Magen gebraucht wird.

- Keinesfalls Zweifel am Sinn der Untersuchung äußern.

- Keine Vorwürfe gegen Polizei und Justiz aussprechen oder sich als Pechvogel hinstellen, da man sonst möglicherweise als »uneinsichtig« betrachtet wird.

Nicht immer ist der andere schuld

Die besten Tips bei Unfällen und dem Umgang mit Versicherungen

Tips für die Minuten danach

Die meisten Unfälle im Straßenverkehr gehören glücklicherweise in die Kategorie der Bagatellunfälle. Einige Tips für die Abwicklung dieser Karambolagen:

- Bagatellunfälle sind Unfälle, bei denen niemand ernstlich verletzt wurde.
- Bagatellunfälle sind Unfälle, bei denen der Sachschaden höchstens DM 1.000.– beträgt.
- Bei heutigen Reparaturkosten darf nicht allzuviel kaputt sein.
- Nachdem es »gekracht« hat, als erstes die Zündung ausschalten.
- Beim Aussteigen auf den übrigen Verkehr achten. Also nicht kopflos auf die Fahrbahn rennen.
- Prüfen, ob im anderen Wagen gleichfalls niemand verletzt ist.
- Warnblinkanlage einschalten.
- Warndreieck in mindestens 100 m Abstand aufstellen.
- Ereignete sich der Unfall nach einer Kurve oder Kuppe, vor der Kurve bzw. Kuppe das Warndreieck aufstellen.
- Bei Bagatellunfällen ist es strafbar, den Verkehr länger als unbedingt erforderlich zu blockieren.
- Bei Bagatellunfällen ist es nicht erforderlich, Polizei zu holen.
- Besteht der Unfallgegner auf einer polizeilichen Aufnahme des Unfalles, müssen die Fahrzeuge dennoch aus der Kreuzung bzw. an den Fahrbahnrand gefahren oder geschoben werden.

- In diesem Falle empfiehlt sich, mit Kreide den Standort nach dem Unfall zu markieren.

- Wer einen Fotoapparat im Wagen hat, sollte einige Groß- und Detailaufnahmen machen.

- Als »Wichtigtuer« nicht enttäuscht sein, wenn die Polizeibeamten zu verstehen geben, daß sie andere Sorgen haben, als Ihre kaputte Stoßstange und Rücklicht zu protokollieren.

So holt man Hilfe

- Auf Autobahnen zeigt der schwarze Pfeil auf den Begrenzungspfosten den Weg zur nächsten Notrufsäule.

- Beim Hochheben der Klappe ist man automatisch mit der Autobahnmeisterei verbunden.

- Wichtig ist die richtige Standortbestimmung. Sie ist meist an der Notrufsäule abzulesen.

- Fahrtrichtung nicht vergessen. Also z.B. Autobahn München – Salzburg in Fahrtrichtung Salzburg bei Kilometer...

Umgang mit Versicherungen

- Es hat wenig Sinn und führt zu nichts, im Nachhinein den Unfallhergang umkehren zu wollen.

- Auch die Polizei kann demjenigen, der als letzter auf eine stehende Kolonne aufgefahren ist, kaum bescheinigen, daß er an dem Unfall unschuldig ist.

- Bei Zweifeln über den Unfallhergang in jedem Falle Spuren sichern, Fotos machen oder Skizze anfertigen und eventuelle Zeugen notieren.

- Auf keinen Fall die Unfallstelle verlassen, bevor man sich mit dem »Unfallgegner« geeinigt hat.

- Sich nicht darauf verlassen, daß der Unfallgegner bei der Schadensregulierung aktiv wird. Selbst – zumindest die eigene Versicherung – von dem Unfall informieren.

- Ist man eindeutig selbst schuld, ist zu überlegen, ob man den Schaden nicht selbst bezahlt, um sich dadurch den Schadenfreiheitsrabatt zu erhalten.

- Hat man sich für die Selbstregulierung entschieden, aber im selben Jahr noch einen größeren Schaden verursacht, so kann der Autofahrer auch diesen bereits ausgelegten Betrag für den ersten Schaden nachträglich zurückbekommen.

- Wer im Laufe eines Jahres einen oder mehrere Unfälle verursachte und die Reparaturkosten für das gegnerische Fahrzeug auslegte, kann einen eventuellen Anspruch auf Kostenerstattung nur bis zum 31.12. geltend machen.

- Bei Dezember-Schäden kann man sich mit der Benachrichtigung bis 31.1. des folgenden Jahres Zeit lassen.

- Die Zahl der Unfälle und nicht die Höhe der Schäden ist in der Autohaftpflichtversicherung für die Rückstufung beim Schadenfreiheitsrabatt entscheidend.

- Wer also in einem Jahr den größeren Schaden regulär und den kleineren Schaden nachmeldet, wird zweimal im Schadenfreiheitsrabatt zurückgestuft.

- Wer in der Schadenfreiheitsklasse 10 ist, kann im Jahr einen

Schaden melden, ohne daß sich dadurch etwas an der Prämie ändert. Und zwar deshalb, weil man in der Klasse 9 genau den gleichen Freiheitsrabatt hat wie in der Klasse 10.

- Die Anfertigung eines eigenen Unfallprotokolls können Sie sich ersparen, wenn Sie sich von Ihrer Versicherung ein vorgefertigtes Formular zuschicken lasen. Dieses aber nicht zu Hause, sondern im Handschuhkasten aufbewahren.

Unfallprotokoll

- »Ich gebe zu, daß ich an dem Unfall allein die Schuld trage.« Dieses Schuldanerkenntnis ist unsinnig, obwohl es häufig verwendet wird.

- Der Geschädigte kann damit wenig anfangen. Die Versicherung prüft trotzdem, ob sie auf Grund des Unfallherganges haften muß.

- Außerdem kann sich derjenige, der die Schuld anerkennt, bei seiner eigenen Versicherung Schwierigkeiten einhandeln. Er ist nämlich nicht berechtigt, ohne vorherige Zustimmung der Versicherung einen Anspruch des Geschädigten anzuerkennen oder zu befriedigen. Sonst verletzt er seine Obliegenheit.

- Ein nicht ausgestelltes Schuldanerkenntnis bedeutet freilich nicht, daß man sein Verschulden an einem Unfall hartnäckig leugnen muß.

- Der Schuldige darf also ohne weiteres den wahren Unfallhergang zugeben, auch wenn er sich dadurch belastet.
  Er ist zur wahren Aufklärung sogar verpflichtet und kommt dadurch nicht in Schwierigkeiten.

- Die Zahlung eines Verwarnungsgeldes ist kein Schuldanerkenntnis im Sinne der Versicherungsbestimmungen.

Was tun nach einem Blechschaden?

Autofahrer, die in einen Unfall mit Sachschaden verwickelt sind, sollten folgende Ratschläge des ADAC beachten:

- Direkt am Unfallort ein Kurzprotokoll mit Skizze ausfüllen, das man gemeinsam mit dem anderen Unfallbeteiligten unterschreibt, so daß jeder einen Durchschlag an seine Haftpflichtversicherung schicken kann. Für beide Seiten besteht die Pflicht, auf Verlangen nach bestem Wissen Angaben über die eigene Haftpflichtversicherung zu machen.

- Wenn der andere seine Versicherungsgesellschaft nicht kennt, den »Zentralruf der Autoversicherer« anrufen (siehe Seite 66). Dort erfährt man, wo das Fahrzeug versichert ist, wenn man Autonummer und Halter angeben kann.

- Keine Pauschalerklärung abgeben wie »Ich bin an dem Unfall schuld« oder »Ich werde für den Schaden aufkommen«. Dagegen darf man beispielsweise durchaus unterschreiben »Ich habe den Wagen mit dem amtlichen Kennzeichen ...... beim Einbiegen in die Vorfahrtstraße beschädigt.«

- Nach Möglichkeit Fotos machen. Es ist also ratsam, ständig eine billige Kamera griffbereit im Handschuhfach zu haben (brauchbare Kameras gibt es schon für 30 DM).

- Adressen von Zeugen notieren. Außerdem Name und Dienststelle des Polizeibeamten aufschreiben, der den Unfall protokolliert.

- Den anderen Unfallbeteiligten auffordern, seine Versicherung noch am selben Tag telefonisch zu benachrichtigen (am besten, man schafft es, gleich mit ihm zusammen zur nächsten Telefonzelle zu gehen).

- Ist man an dem Unfall nicht schuld, hat man Anspruch auf den Ersatz von Reparaturkosten, Nutzungsausfall bzw. Leihwagen, eventuelle Gutachterkosten und Wertminderung. Im Zweifelsfall empfiehlt es sich, einen Anwalt einzuschalten. Ist nur geringer Sachschaden entstanden, sind die Unfallbeteiligten nach § 34 der Straßenverkehrsordnung verpflichtet, die Fahrbahn sofort für den Verkehr frei zu machen, das heißt also, auf die Seite zu fahren.

- Den Zentralruf der Autoversicherer gibt es zur Zeit in Aachen (0241/48461), Berlin (030/2611761), Dortmund (0231/528484), Frankfurt (0611/725151), Hamburg (040/336644), Hannover (0511/14885), Köln (0221/123091), Mannheim (0621/28981), München (089/333066), Nürnberg (0911/534045), Saarbrücken (0681/39666) und Stuttgart (0711/283399).

Verhalten nach Wildunfällen

- Rehe sind Rudeltiere. Wenn ein Reh die Fahrbahn überquert hat, immer mit einem nachfolgenden Tier rechnen.

- Wenn Sie ein Haarwild an- oder überfahren haben, müssen Sie dies auf jeden Fall der nächsten Polizeidienststelle melden.

- Markieren Sie die Unfallstelle. Am besten, Sie binden ein Taschentuch um einen Ast oder um einen Stock.

- Polizei und Jagdaufseher müssen dann nicht die ganze Strecke absuchen, um das verletzte Tier zu finden.

- Wer ein totgefahrenes Reh im Kofferraum versteckt, macht sich der Wilderei schuldig.

- Wildwechsel-Schilder beachten. Die Forstverwaltung weiß, warum sie diese aufstellen ließ.

- Wenn Sie ein Tier auf der Fahrbahn sehen, Fernlicht ausschalten.

Versichern Sie sich, ob sie richtig versichert sind

- Haftpflichtversicherung – Teilkaskoversicherung – Kaskoversicherung mit oder ohne Selbstbeteiligung.

Insassenversicherung

- Die KFZ-Insassenversicherung zahlt dann, wenn die Insassen eines Fahrzeuges einen Unfall erleiden, der zum Tod oder zur Invalidität führt. Dies ohne Rücksicht darauf, ob eigenes oder fremdes Verschulden vorliegt. Unfälle beim Ein- und Aussteigen sind mitversichert.

Reiseunfallversicherung

- Durch eine Reiseunfallversicherung kann man sich gegen die wirtschaftlichen Folgen von Unfällen absichern, die auf Reisen und den damit verbundenen Aufenthalten eintreten.

- Abgesichert ist hier – weitergehender als bei der KFZ-Insassenversicherung – jeder Unfall, der vom Verlassen der Wohnung bis zur Rückkehr eintritt, also auch bei der Benützung anderer Verkehrsmittel.

Tips für die Minuten danach im Ausland

- *Belgien:* In Belgien erstellt die Polizei ein Unfallprotokoll, sobald sie gerufen wird, auch bei reinen Blechschäden. Bei reinen Bagatellschäden muß sie aber nicht unbedingt gerufen werden.

- *Bulgarien:* Jeder Unfall muß grundsätzlich der nächsten Milizbehörde gemeldet werden.
  Unbedingt erforderlich ist die Polizei bei Unfällen mit Personen- und größeren Sachschäden.

- *Dänemark:* Die Polizei sollte stets eingeschaltet werden. Die Versicherungen warten nämlich in der Regel den Polizeibericht ab, bevor der Schaden reguliert wird.

- *Finnland:* Es besteht keine Pflicht, Unfälle der Polizei zu melden. Um später Ersatzansprüche durchsetzen zu können, sollte man Namen und Adresse der Beteiligten sowie von Zeugen, ferner die Kennzeichen der Autos notieren und selbst ein Unfallprotokoll anfertigen.

- *Frankreich:* Polizei kommt nur zu Unfällen mit Personenschaden oder erheblichem Sachschaden.

- *Griechenland:* Jeder Unfall ist unbedingt der nächsten Polizeistation zu melden. Unterlassung ist strafbar.

- *Großbritannien:* Die Polizei weigert sich, Unfälle mit bloßem Sachschaden aufzunehmen.

- *Italien:* Die Polizei ist nur dann verpflichtet ein reguläres Protokoll aufzunehmen, wenn durch einen Verkehrsunfall Personen verletzt wurden oder ein bedeutender Sachschaden entstanden ist.

- Ist man mit einem Italiener zusammengestoßen, sollte man es ihm überlassen, ob er die Polizei holen möchte oder nicht.

- *Jugoslawien:* Nach jedem Unfall muß die Polizei verständigt werden.

- *Niederlande:* Die Polizei kommt nur zu schweren Unfällen.

- *Österreich:* Bei Bagatellschäden muß man nur dann die Polizei holen, wenn der Unfallgegner darauf besteht.

- *Polen:* Bei jedem Unfall muß man den nächsten Milizposten verständigen.

- *Portugal:* Es empfiehlt sich in jedem Fall, die Polizei zu holen und auf die Aufnahme eines Protokolls zu dringen.

- *Schweden:* Bei Bagatellschäden ist es nicht erforderlich, die Polizei zu holen.

- *Schweiz:* Bei Bagatellschäden muß die Polizei nur geholt werden, wenn der Unfallgegner dies verlangt.

- *Spanien:* Es empfiehlt sich, die Polizei bei schweren Sach- und bei Personenschäden herbeizurufen und auf die Aufnahme eines Protokolls zu dringen.

- *Tschechoslowakei:* Jeder Unfall muß unbedingt der Polizei gemeldet werden.

- *Türkei:* Die Polizei muß zu jedem Unfall herbeigeholt werden. Das Protokoll ist für die Schadenregulierung durch die türkische Versicherung unentbehrlich.

Versicherungen für den Auslandsurlaub

Für rund 300,– DM sind Autotouristen rundum versichert.

- Autotouristen, die jetzt den Etat für ihre Sommerferien planen und gut versichert in den Urlaub fahren wollen, sollten von vornherein rund 300,– DM dazurechnen. Denn so viel kosten in etwa die wichtigsten Versicherungen, die man abschließen muß, um später einmal an »die schönste Zeit des Jahres« keine schlechten Erinnerungen zu haben. Diese Versicherungen sind nach Erfahrungen des ADAC zu empfehlen:

- *Kurzkasko:* Ist wichtig bei einem selbstverschuldeten Unfall und in solchen Ländern, die keinen Haftpflichtversicherungszwang kennen (Portugal, UdSSR) oder in denen nur für Personenschäden gehaftet wird (Großbritannien und Spanien). Für einen Mittelklassewagen (Golf, Typ-Klasse 14) kostet diese Versicherung ca. 130,– DM im Monat bei einer Selbstbeteiligung von 300,– DM.

- *Insassen-Unfall:* Springt ein, wenn die Insassen eines Pkw einen Unfall erleiden, der zum Tode oder zur Invalidität führt – ganz gleich, ob eigenes oder fremdes Verschulden vorliegt. Bei einer Monatsprämie von 13,– DM zahlt die Versicherung für eine Person im Todesfall 40.000,– DM und bei Invalidität 80.000,– DM. Bei mehreren Insassen erhöht sich die Summe automatisch um 50%, im geschilderten Beispiel also auf 60.000,– DM bzw. 120.000,– DM. Da diese Summen durch die Zahl der Mitreisenden geteilt werden, ist es ratsam, sich bei mehreren Insassen entsprechend höher zu versichern.

- *Reise-Unfall:* Im Gegensatz zur Insassen-Versicherung, die sich ausschließlich auf das Auto bezieht, tritt die Reise-Unfall-Versicherung bei allen Unfällen ein – vom Verlassen der Wohnung bis zur Rückkehr. Da sie also einen wesentlich umfassenderen Schutz bietet, muß man bei den gleichen Versicherungssummen (30.000,– im Todesfall, 60.000,– bei Invalidität) mit einem Betrag von ca. 15,– DM pro Person rechnen.

- *Reisegepäck:* Umfaßt Beschädigung, Verlust und Diebstahl des Gepäcks während der Fahrt und am Aufenthaltsort. Da es bisher keine einheitlichen Versicherungsbedingungen gibt, sollte man sich vor Abschluß unbedingt darüber informieren, ob beispielsweise die Versicherung dafür aufkommt, wenn das Gepäck aus dem Kofferraum eines geparkten Pkw gestohlen wird. Wertsachen sind in der Regel nur bis zu 40% der Versicherungssumme eingeschlossen; allerdings ist ausreichender Schutz durch eine höhere Versicherungssumme möglich. Es empfiehlt sich pro Erwachsenen eine Versicherungssumme von mindestens 2.000,– DM und pro Kind von 500,– DM. Eine vierköpfige Familie muß dann dafür etwa 50,– DM bezahlen.

- *Hinweis für Campingfreunde:* Da die Reisegepäck-Versicherung nicht für das Wohnen und Übernachten im Zelt bzw. Caravan gilt, empfiehlt sich eine Zusatzversicherung, für die man etwa 25% mehr bezahlen muß, also im geschilderten Fall 12,50 DM zusätzlich.

So lindern Sie den ersten Schmerz

Die besten Tips zur Ersten Hilfe

Der zweite Schritt ist die Erste Hilfe

- Viele Autofahrer wissen nicht, wie sie helfen sollen, wenn sie als erste an eine Unfallstelle kommen. Unsachgemäßes Vorgehen hat schon oft die Lage verschlimmert. Noch schlimmer ist aber nur dastehen und gar nichts tun.

- Gutes Zureden ist häufig nach einem Verkehrsunfall die beste Erste Hilfe.

- Der Verletzte sollte nie das Gefühl bekommen, in seiner Not allein zu sein.

- Über die Fürsorge und Erstversorgung der Verletzten nicht vergessen, Hilfe herbeizuholen.

- Erkundigen Sie sich, ob dies bereits geschehen ist. Wenn nicht, bitten Sie einen der Umstehenden zu telefonieren.

- In der ersten Hektik werden oft wichtige Daten vergessen. Die Rettungsorgane müssen wissen, was, wo passiert ist.
  Zum Beispiel: Verkehrsunfall mit einem Schwer- und zwei Leichtverletzten in der Schleißheimerstraße / Ecke Ackermannstraße in München-Schwabing.

- Wenn Sie sich über die Schwere der Verletzungen getäuscht haben, kann Ihnen später niemand einen Vorwurf machen.

- In diesem Falle sich keine Gedanken über den Einsatz der Rettungsfahrzeuge machen.

- Sie sollten freilich auch nicht leichtfertig einen Rettungshubschrauber anfordern, wenn die Verletzten bereits wieder auf den Füßen stehen.

- Autos, die nach einem Unfall auf der Seite liegen, dürfen nicht einfach wieder auf die Räder gekippt werden, denn der oder die Verletzten würden dabei durch das Wageninnere geschleudert werden.

- Ist der Fahrer zwischen Lenkrad und Sitzlehne so fest eingeklemmt, daß er nicht mehr atmen kann, muß man zuerst versuchen, den Sitz zurückzuschieben oder notfalls aus den Schienen zu heben.

- Ist der Sitz nicht zu verstellen, versuchen, die Rückenlehne nach hinten zu kippen.

- War der Sicherheitsgurt angelegt, diesen vorher lösen.

- Lassen sich weder Sitz noch Rückenlehne bewegen, schlitzt man die Polsterung von hinten mit einem Messer oder der Schere aus dem Verbandskasten auf und zieht die Füllung heraus. So bekommt der Verletzte wieder etwas Luft.

- Während der Fahrt nie von innen alle Türen verriegeln. Nach einem Unfall verlieren die Helfer sonst unnötige Zeit, um die Türen aufzubrechen.

- Wenn man die Schwere und Art der Verletzung nicht beurteilen kann, den Verunglückten möglichst wenig bewegen.

- Ist der Verletzte bewußtlos, sollten Sie ihn – wegen der Erstickungsgefahr – auf die Seite drehen.

Erste Hilfe

- Wenn Sie zu einem Unfall kommen, verlassen Sie sich nicht darauf, daß andere helfen werden.

- Verletzte nicht im Gefahrenbereich liegen lassen.

- Umstehende bitten, beim Wegtragen mitzuhelfen. Dabei aber den Verletzten nicht zu zaghaft anfassen.

- Den Rettungsvorgang beherzt zu Ende führen, auch wenn der Verletzte wegen der Schmerzen zu schreien beginnt.

- Verletzte, die nachher befragt wurden, fanden einmalige Schmerzen nicht so unerträglich wie den Umstand, daß immer wieder jemand anderer versucht hat, sie irgendwohin zu tragen.

- Immer daran denken, Verletzte sind hilflose Menschen und keine Schauobjekte, die neugierig angestarrt werden.

- Verletzten das Gefühl der Geborgenheit geben. Auf eine Decke legen und bis zum Eintreffen der Rettungsmannschaften bei Ihnen bleiben.

- Verletzte durch tröstende Worte beruhigen. Viele Verletzte erklärten später, das Schlimmste sei gewesen, daß man sie völlig allein gelassen hätte.

- Sind die Verletzten im Wagen eingeschlossen, nicht wahllos eine Scheibe zertrümmern. Die Splitter könnten weitere Verletzungen hervorrufen.

- Kleinste Scheibe auswählen und diese vor dem Einschlagen mit Leukoplast zukleben. So bleiben die meisten Glaskrümel am Leukoplast kleben.

Atemspende

- Bei Atemstillstand sofort Atemspende.
Entweder durch den Mund oder durch die Nase.

- Kopf weit nach hinten überstrecken und festhalten.

- Unterkiefer nach oben drücken, mit dem Daumen die Lippen zupressen.

- Luft in die Nase einblasen.

- Heben und Senken des Brustkorbes beobachten.

- Falls Atemspende von Mund zu Nase nicht möglich ist, Atemspende von Mund zu Mund durchführen. Dabei die Nase zudrücken.

- Atemspende so lange fortsetzen, bis die Eigenatmung einsetzt.

- Beim ADAC gibt es eine Rettungsmaske für die Atemspende. Anfordern und in das Handschuhfach legen.

Wundverband – bei leichter Blutung

- Verletzte Gliedmaßen hochhalten.

- Wunde keimfrei abdecken und mit Dreiecktuch verbinden oder Verbandpäckchen anlegen.

Wundverband – bei schwerer Blutung

- Verletzte Gliedmaßen hochhalten.

- Abdrücken, und Wundverband anlegen.

- Druckverband: Geschlossenes Verbandpäckchen auf den Wundverband und mit Dreiecktuch oder Binde aufpressen.

- Falls das Bluten nicht aufhört, zweiten Druckverband darüber legen.

- Wenn eine Blutung mit Druckverbänden nicht zu stillen ist, muß abgebunden werden.

- Bei allen Verletzungen, insbesondere bei Blutverlust, besteht Schockgefahr. Lebenswichtige Organe werden nicht mehr ausreichend durchblutet.

Druckverband und Abbinden

- Fast jede Blutung kann durch einen gutsitzenden Druckverband gestillt werden. Aus diesem Grunde sollte man nur bei unstillbaren Blutungen und bei einem Gliederabriß abbinden. Es ist die äußerste Notmaßnahme.

- Zum Abbinden darf kein einschneidendes Material verwendet werden.

- Niemals an den Gelenken abbinden.

- Wichtig ist, genau die Uhrzeit zu notieren, wann abgebunden wurde.

- Bei Blutungen aus Armwunden: Abdrücken der Oberarmschlagader.

- Bei Blutungen aus Beinwunden: Abdrücken der Schlagader in der Leiste.

Schockzeichen

- Schneller, kaum tastbarer Puls

- Blasses Gesicht

- Kalte Haut

- Kalter Schweiß
- Auffallende Unruhe

Maßnahmen

- Blutung stillen.
- Beine einige Minuten hochhalten.
- Verletzten auf trockene Unterlage legen, Beine hochlagern, zudecken. Verletzten beruhigen.
- Bei Bewußtlosigkeit: Seitenlage.

Seitenlage

- Hüfte fassen und anheben, Hand des Verletzten unter das Gesäß.
- Körpernahes Bein aufstellen.
- Hüfte und Schulter fassen und zu sich drehen.
- Arm nach hinten herausziehen und abwinkeln.
- Kopf weit überstrecken, damit Atemwege frei werden.
- Hand unter die Wange schieben, Handfläche nach unten.

Seitenlage ist erforderlich:

- Bei drohender Bewußtlosigkeit.

- Bei Bewußtlosigkeit.
- Bei drohender Erstickung durch Erbrochenes oder Blut.

Knochenbrüche

- Bei starken Schmerzen in Arm und Bein, die sich bei Bewegung verschlimmern, können Arm oder Bein gebrochen sein.
- Die gebrochenen Gliedmaßen ruhigstellen und provisorisch schienen.

Verdacht auf Wirbelsäulenverletzung

- Verletzten möglichst in vorgefundener Lage belassen.
- Nur bei unmittelbarer Lebensgefahr Verletzten aus der Gefahrenzone bringen.
- Bei Halswirbelverletzung Kopf ruhig stellen, ohne anzuheben.

Verätzung der Augen

- Kopf seitwärts drehen, verletztes Auge nach unten.
- Dauerspülung mit Wasser von innen nach außen.

Verätzung der Haut

- Kleidung entfernen – Dauerspülung mit Wasser.

Verätzung der Speiseröhre

- Viel Wasser schluckweise trinken lassen.
- Nicht zum Erbrechen reizen.
- Keine Milch zu trinken geben.
- Vorsicht! Bei Verätzung durch schäumende Haushalts-Chemikalien nicht trinken lassen. Erstickungsgefahr durch Schaumbildung.

Verbrennungen und Verbrühungen

- Brennenden auf dem Boden wälzen, Brand mit Decke, Wasser, Feuerlöscher bekämpfen.
- Feuerlöscherstrahl nicht auf das Gesicht richten.
- Verbrennungen und Verbrühungen in kaltes Wasser halten bis die Schmerzen nachlassen. (Nicht bei schweren Verbrennungen)
- Brandwunden keimfrei mit Brandwundenverbandtuch abdekken.

- Schluckweise Wasser, wenn möglich Salzwasser zu trinken geben. (Ein Teelöffel Salz auf einen Liter Wasser)

Bei Blitz und Donner

- Sich nicht unter Bäume stellen – auch nicht unter die vielzitierten Buchen.

- Tiefergelegene Stellen aufsuchen, und Hockestellung einnehmen.

- Den besten Schutz bietet ein geschlossenes Auto.

Von der Blumenvase bis zum Sicherheitsgurt

Die besten Tips über nützliches und unnötiges Zubehör

Weg mit dem Schnick-Schnack im Auto

- Mit Blumenvase und künstlichem Christbaum mögen sich Beifahrer im Fernverkehr ein gemütliches Zuhause schaffen, im PKW hat solcher Zierat nichts verloren.

- Bei jeglichem Zubehör darauf achten, ob die Sicherheit dadurch nicht beeinträchtigt wird.

- Hervorstehende oder spitze Gegenstände können schon bei einer Notbremsung zu erheblichen Verletzungen führen.

- »TÜV geprüft« heißt nicht unbedingt, daß das entsprechende Zubehör auch in und für jeden Fall zugelassen ist. Es kommt auf den Auftrag an, den der Hersteller dem TÜV gegeben hat.

- Wer zum Beispiel einen Heizofen beim TÜV prüfen läßt, bekommt darüber ein Gutachten. Dieses sagt aber sicher nicht aus, daß man den Heizofen so ohne weiteres in ein Kraftfahrzeug als Zusatzheizung einbauen und betreiben darf.

- Wer sein Auto durch zuviel Schnick-Schnack zum Schmuckstück kitschiger Träumereien macht, verliert leicht den Überblick über die wirklichen Erfordernisse im Straßenverkehr.

- Skeptisch sollte man sein, wenn als preiswertes Zubehör angeboten wird, was die großen Hersteller noch nicht einmal im Griff haben. Z.B. Radarabstand-Warngeräte oder Zusätze, die den Benzinverbrauch drastisch senken oder blendfreies Licht und dergleichen mehr.

Sicherheitsgurte

- Sie sollten nach jedem Unfall ersetzt werden. Natürlich nur die, die beim Unfall getragen wurden.

Nebelschlußleuchten

Davon dürfen bis zu zwei am Heck des Wagens montiert sein.

- Der obere Rand der Lichtaustrittsöffnung darf nicht höher als 80 cm über der Fahrbahn sein.

- Benutzen darf man die Nebelschlußleuchte nur bei einer Sichtweite von weniger als 50 m. Dann allerdings sowohl innerhalb als auch außerhalb geschlossener Ortschaften.

- Im Blickfeld des Fahrers muß das Einschalten durch eine grün leuchtende Lampe sichtbar sein.

Nebelscheinwerfer

- Sind auch bei uns mit gelbem Licht zulässig. Dürfen aber nur paarweise symmetrisch und auf gleicher Höhe montiert sein, auf keinen Fall höher als die Abblendlicht-Scheinwerfer.

Fernscheinwerfer

- Zusätzlich zum bereits serienmäßig eingebauten Fernlicht sind 2 Fernscheinwerfer gestattet, die paarweise und symmetrisch montiert sein müssen. Der untere Rand der Scheinwerfer darf nicht höher als 1 m über der Fahrbahn sein.

- Bei einem serienmäßigen 4 Scheinwerfer-Halogen-System – 1 Paar für das Fahrlicht, 1 Paar für das Fernlicht – darf das Auto nicht mit zusätzlichen Fernscheinwerfern ausgerüstet werden.

Breitstrahler

- Das sind nichts anderes als Nebelscheinwerfer. Wer sie benutzt, wenn weder Nebel noch Schneefall die Sicht beeinträchtigen, wird von der Polizei wegen »mißbräuchlicher« Benutzung zur Kasse gebeten.

Rückfahrscheinwerfer

- Zulässig sind ein oder zwei dieser für nächtliches Rangieren sehr nützlichen Lichtquellen. Sie müssen so angebracht sein, daß sie die Fahrbahn auf höchstens 10 m ausleuchten und so geschaltet sein, daß sie beim Vorwärtsfahren nicht brennen.

CB-Funkgerät

- Überlegen Sie sich vor dem Kauf, ob Sie sich wirklich während einer Autofahrt pausenlos mit wildfremden Leuten unterhalten wollen. Bei den meisten liegt dieses Gerät nach der ersten Begeisterung nutzlos im Fahrzeug herum.

Alarmanlage

- Wenn man bedenkt, daß allein in München in einer Nacht im Durchschnitt rund ein Dutzend Autos gestohlen werden, ist eine solche Investition keine schlechte Geldanlage.

Diebstahlsicherung

- Sie können das Lenkrad aber auch mit einer starken Kette oder mit einer Stange, die zu den Pedalen geführt wird, blockieren.

Skiträger

- Achten Sie darauf, daß diese abschließbar sind.

Spoiler

- Müssen vom Autohersteller für diesen Wagentyp freigegeben sein und außerdem in den Kraftfahrzeugschein eingetragen werden.

Bordcomputer

- Für technische Laien elektronische Spielerei.

Leichtmetallfelgen

- Müssen nicht sein, aber verbessern oft die Optik des Wagens. Vorsicht, werden gern gestohlen!

Daumex gegen Auto-Marder

- Daumex ist eine bitter schmeckende Flüssigkeit, die man Kindern auf den Daumen pinselt, damit sie diesen nicht mehr dauernd in den Mund stecken. Es kann auch vor dem Verbiß der elektrischen oder anderer Leitungen am Auto durch Marder schützen.

- Die Marder fangen übrigens nur solange zu beißen und zu knabbern an, solange der Motor noch warm ist. Kalte Kabel reizen sie nach den jüngsten Untersuchungen nicht.

- Licht mögen die Marder nicht. Wenn Sie also während der Zeit der Abkühlung eine Taschenlampe unter den Wagen legen, dürften Sie gleichfalls vor dem Verbiß verschont bleiben.

- Nach neuesten Untersuchungen mögen Marder auch nicht das Ticken eines Weckers. Kaufen Sie den Billigsten, die sind am lautesten und stellen ihn unter das Fahrzeug.

Klimaanlage

- In unseren Breiten viel Geld für einen kühlen Kopf.

Zusatzwerkzeug

- Kann meistens helfen und nie schaden.

Kleingeld

- Sollte man immer im Handschuhfach haben, um z.B. nach einem Unfall telefonieren zu können.

Verbandskasten und Warndreieck

- Beides muß in jedem Wagen mitgeführt werden.
- Verbandskasten von Zeit zu Zeit auf Vollständigkeit prüfen, und auf der Urlaubsreise durch eine Reiseapotheke ergänzen.

Abschleppseil

- Auch wenn Sie glauben, daß Ihr Wagen niemals liegenbleibt, mit einem Abschleppseil im Kofferraum können sie vielleicht einmal einem anderen Autofahrer helfen.

Zusatzheizung

- Bei der Qualität der heute serienmäßig eingebauten Heizungen hat die Zusatzheizung nur dann noch einen Sinn, wenn sie mit einer Uhr gekoppelt ist. Damit kann sich die Heizung z.B. um 6.00 Uhr automatisch einschalten und wenn man dann um 7.00 Uhr losfährt, hat man ein warmes Auto und freie Scheiben.

Sonnenblenden für die Heckscheibe

- Für die Insassen vielleicht angenehm, für die Nachfolgenden aber störend, da man nicht mehr durch das Auto hindurchsieht.

Sitzkissen

- Schneiden Sie sich eine 2 cm starke Styroporplatte in Sitzkissengröße zurecht und nähen Sie eine Hülle drum herum. Wenn Sie das auf den kalten Sitz legen, haben Sie schon nach Sekunden das Gefühl, auf einer Heizplatte zu sitzen, so kräftig strahlt dieses Material die Körperwärme zurück.

Zusatzbeleuchtung für den Aschenbecher

- Sie können aber auch einfach eine Leuchtstoff- oder Reflexfolie zur nächtlichen Orientierung an den Aschenbecher kleben.

Sand im Aschenbecher

- Um das Weiterglühen von Zigaretten im Aschenbecher zu verhindern, empfiehlt sich, etwas Sand in den Aschenbecher zu streuen.

Zweiter Außenspiegel

- Sehr empfehlenswert, um beim Spurwechsel nicht dauernd den Kopf drehen zu müssen.

Heckscheibenwischer

- Sollte bei Schräghecklimousinen gleich mitbestellt werden. Nachträglicher Einbau im allgemeinen zu teuer.

Wolldecke

- Gehört in jedes Auto. Es ist unmenschlich, Verletzte auf dem kalten Asphalt liegen zu lassen.

Staubsauger

- Sie sind an den Waschanlagen meist besser. Die als Zubehör fürs Auto angebotenen Staubsauger sind in ihrer Saugwirkung kaum zu spüren.

Zusatzbremsleuchten

- Sie haben sich zwar durchgesetzt, ihre Wirkung ist aber umstritten.

- Wenn zusätzliche Bremsleuchten schon sein müssen, dann sollten sie so hoch wie möglich montiert werden.

Sofakissen mit der eingestickten Autonummer

- Als Visitenkarte ungeeignet, für die Ruhepause aber nützlich.

Isolierband

- Gehört in jedes Handschuhfach. Seiner Anwendungsmöglichkeit und »Hilfsbereitschaft« sind keine Grenzen gesetzt.

Anfahrhilfen

- Sie können dann eingesetzt werden, wenn ein steckengebliebenes Fahrzeug wieder flott gemacht werden soll, bzw. wenn es

sich nicht lohnt, auf ganz kurzen Problemstrecken Ketten anzulegen.
Sie sind kein Schneekettenersatz im Sinne der Straßenverkehrszulassungsordnung.

Ersatzkanister

- Gehört in jeden Kofferraum, weil es peinlich ist, die Straßenwacht zu rufen, nur weil das Benzin ausgegangen ist. Es kann sogar strafbar sein, wenn man sein Fahrzeug abstellen muß, weil kein Benzin mehr im Tank ist. Vorsicht bei Plastikkanistern. Dehnen sich bei Hitze aus.

Zubehörteile – TÜV geprüft?

- Bei aufwendigem Zubehör immer fragen, ob es amtlich zugelassen ist und ob es notfalls in den Kraftfahrzeugschein eingetragen werden muß.

- Zubehörteile, die nicht freigegeben sind, können bewirken, daß die amtliche Betriebserlaubnis für ihr gesamtes Fahrzeug erlischt. Sie haben dann z.B. keinen Versicherungsschutz mehr.

- Das Prädikat »TÜV geprüft« sagt nicht in jedem Fall, daß der Technische Überwachungsverein mit dem Einbau einverstanden ist. Er hat das Gerät vielleicht gar nicht unter dem Gesichtspunkt geprüft, daß es in ein Kraftfahrzeug eingebaut wird.

Zubehör für die sichere Fahrt mit Kindern

- Säuglinge bis zu 9 Monaten: Im Auto können sie nur liegend transportiert werden, am besten in einer stabilen Schale, die an Gurten befestigt ist.

»Baby-Swinger« heißt dieses Zubehör, das bei einer Notbremsung oder bei einem Auffahrunfall so herumschwingt, daß sich die obere, also offene Seite, zur Rücksitzlehne dreht und der Schalenboden in Fahrtrichtung zeigt.
Ein Strampelsack hält das Kind auch während der Drehbewegung sicher in der Schale.

- Der Baby-Swinger kann auch außerhalb des Autos verwendet werden. Durch ein zusammenklappbares Fahrgestell wird er zum Kinderwagen.

- Kleinkinder von 9 Monaten bis 4 Jahren: Ist das Kind aus dem Säuglingsalter herausgewachsen und kann es richtig sitzen, wird der Gurt zur Befestigung weiter verwendet. Lediglich die Kunststoffschale des »Baby-Swinger« wird durch einen Schalensitz mit gepolstertem Spieltisch aus Hartschaum ersetzt.

- Kinder vom 4. bis 12. Jahr: Die Kinder sitzen jetzt nicht mehr in einem Schalensitz, sondern direkt auf der Rücksitzbank. Gehalten werden sie aber nach wie vor von dem am Gurt befestigten Spieltisch, der jedoch der Körpergröße angepaßt sein muß.

- Kinder über 12 Jahre: Der Spieltisch ist jetzt überflüssig. Übrig bleiben vollwertige 3-Punkt-Sicherheitsgurte im Fond des Wagens, die auch für Erwachsene geeignet sind.

Das Automobil ist keine Sphinx

Die besten Tips rund ums Auto

Vom kochenden Wasser zum gegipsten Auspuff

Anlasser

- Bleibt nach einer Fahrpause der Anlasser plötzlich stumm, hängt aller Erfahrung nach der Magnetschalter.

- Klopfen Sie leicht auf den Anlasser, und schon ist das Problem gelöst.

- Manchmal hat sich auch das Ritzel verklemmt. 2. Gang einlegen, und den Wagen ruckweise vor und zurück schieben.

Batterie

- Altersschwache Batterien nicht immer wieder aufladen lassen, sondern erneuern. Es zahlt sich auf Dauer aus.

- Hat man gerade keine Zeit oder kein Geld, um eine neue Batterie einbauen zu lassen, dann muß man wohl oder übel die alte Batterie vor kalten Nächten ausbauen und ins Haus nehmen.

- Verschlüsse öffnen, damit das Gas entweichen kann. Die Wärme wirkt nämlich wie ein Ladevorgang.

- Unter die Batterie Zeitungspapier oder einen Pappkarton legen. So verhindern Sie, daß die auslaufende Säure den Boden Ihrer Wohnung zerfrißt.

- Kurzfristig kann man die Batterie auch in einen Topf mit heißem Wasser stellen. Das beschleunigt den Regenerationsvorgang. Auch dabei Schraubverschlüsse öffnen.

- Zellen der Batterie nur mit destilliertem Wasser, nicht gleichbedeutend mit abgekochtem Wasser, auffüllen. Destilliertes Wasser gibt es heute in jedem Supermarkt.

- Zum Aufladen der Batterie kann man im Notfall den Transformator einer Spielzeugeisenbahn benutzen.
  Der Trafo muß allerdings über Gleichstrom und eine Stromstärke von ca. 1 Ampere verfügen.

- Nehmen Sie einen normalen isolierten Kupferdraht und verbinden Sie dann die rote Trafo-Klemme mit dem Plus-Pol der Batterie und die blaue Trafo-Klemme mit dem Minus-Pol. Dabei ist zu beachten, daß bei 6-Volt-Batterien der Reglerknopf auf »halbe Kraft«, bei 12-Volt-Batterien auf »Voll-Last« steht.

- Bei leerer Batterie kann man sich zunächst auch mit Anschieben behelfen.

Anschieben oder Anschleppen

- Beim Anschieben oder Anschleppen 2. Gang einlegen.

- Beim Anschleppen mit dem Vordermann Hupzeichen ausmachen für den Fall, daß der Motor läuft.

- Mit dem Abbremsen des eigenen Fahrzeuges warten, bis der Vordermann bremst.

- Wenn der Motor angesprungen ist, selbst nicht mehr aussteigen, sondern vorsichtig für einen runden Lauf des Motors sorgen.

- Auch wenn es unhöflich wirkt, Abschleppseil vom »Vordermann« abmachen lassen.

- Wagen einige Zeit möglichst auf freier Strecke fahren. Die Batterie wird dann durch die Lichtmaschine wieder aufgeladen.

- Nach einiger Zeit ausprobieren, ob der Motor aus eigener Kraft wieder anspringt. Dafür sollte man sich eine Gefällstrecke aussuchen. Ist die Batterie noch zu schwach, kann man den Wagen den Berg hinunter rollen lassen und auf diese Weise ohne fremde Hilfe den Motor wieder in Gang setzen.

Reservekanister

- Reservekanister, sobald man den Inhalt gebraucht hat, beim nächsten Tanken wieder vollfüllen.
- Damit man es nicht vergißt, mit Tesafilm einen Zettel auf den Tankdeckel kleben.
- Wenn Kühler- oder Tankdeckel beim Losschrauben streiken, legen Sie einen Gürtel herum, dann geht es wie geschmiert.
- Noch besser, Sie besorgen sich einen Stauriemen, wie ihn der Arzt beim Spritzen benutzt.

Kein Trichter zur Hand?

- Eine Zeitung – zu einer Flüstertüte geformt – kann im Notfall beim Nachtanken einen Trichter ersetzen.
- Wenn Sie bei einer Kunststofflasche den Boden abschneiden und dann den Hals der Flasche in die Tanköffnung stecken, haben Sie gleichfalls einen Trichter.

Vergaser

- Beim Auseinandernehmen des Vergasers auf »springende Teile« gefaßt sein. Die eingebauten Federn stehen nämlich unter Spannung.

- Ist die Vergaserdüse verstopft, hilft das Ventil am Reserverad. Ausgebaute Düse in das Ventil am Reserverad drücken. Die herausströmende Druckluft bläst die Düse vollkommen frei.

Das gerissene Kupplungsseil

- Um ein Auto zu bewegen, braucht man im Grunde keine Kupplung. Deshalb können Sie auch mit gerissenem Kupplungsseil zumindest bis zur nächsten Werkstatt fahren.

- Motor abstellen, dann den 3. Gang einlegen. Den 3. Gang deshalb, weil Sie damit gerade noch anfahren und später auch einigermaßen zügig fahren können.

- Nachdem Sie den 3. Gang eingelegt haben, Motor starten. Der Wagen »hoppelt« zwar ein bißchen, aber wenn Sie genügend Gas geben, springt er an und Sie können fahren.

- Bei diesem Manöver immer genügend Abstand zum Vordermann halten.

- Beim Bremsen bis zum Stillstand, stirbt naturgemäß der Motor wieder ab. Deshalb ist dieser »Fahrstil« in der Stadt etwas mühsam. Auf freier Strecke aber funktioniert es ganz gut.

Gasgeben mit dem Schnürsenkel

- Tritt man mit dem Gaspedal ins Leere, ist in aller Regel der Gasbowdenzug gerissen. Ein Stück Schnur oder im Notfall auch einige zusammengeknotete Schnürsenkel können den Wagen wieder in Schwung bringen.

- Schnur oder Schnürsenkel um das Gasgestänge binden und in das Wageninnere führen. Auf diese Weise können Sie mit der Schnur in der Hand Gas geben.

- Darauf achten, daß die Schnur nicht am Deckel der Motorhaube scheuert. Am besten an diesen Stellen die Schnur durch einen abgeschnittenen Fahrradschlauch führen. Einen solchen sollte man für diese und andere Fälle immer im Kofferraum haben.

- Damit die Schnur nicht in die Hand schneidet, an das Ende ein Stück Holz binden.

Gebrochene Gasrückholfeder

- Bei gebrochener Gasrückholfeder kann man sich mit einfachen Gummiringen helfen. Sie werden mit einer Schlinge am oberen Ende des Gasgestänges befestigt, und das freie Ende wird unter Spannung am Luftfilter oder sonst einem passenden Platz angehängt.

Schrauben an verflixten Stellen

- Muß man Schrauben an unzugänglichen Stellen anbringen, hilft einem ein Stück Draht oder ein Pfeifenreiniger.

- Aus dem Draht oder dem Pfeifenreiniger eine Art Lasso formen, und die Schraube darin fixieren. So können Sie die Schraube mühelos dorthin befördern, wo sie festgezogen werden soll.

Trauerränder unter den Fingernägeln

- Die berüchtigten Trauerränder unter den Fingernägeln, die durch das Montieren am Fahrzeug entstehen, können Sie vermeiden, wenn Sie die Fingernägel vorher in eine Seife krallen. Nach dem Motto: Lieber Seife als Öl unter den Nägeln.

Ein Tropfen Öl

- Braucht man für den selten benutzten Wagenheber oder für Radmuttern einige Tropfen Öl und man hat kein Ölkännchen zur Hand, kann man sich mit dem Ölmeßstab behelfen.

Welche Zündkerze ist defekt?

- Unregelmäßiger Lauf und Nachlassen des Motors lassen auf eine defekte Zündkerze schließen. Um diese zu finden, zieht man bei laufendem Motor von jeder Zündkerze die Kerzenstekker nacheinander ab. Bei den Zündkerzen, die in Ordnung sind, sinkt die Motordrehzahl noch mehr ab, bei der defekten reagiert der Motor nicht.

Rechtzeitig auskuppeln

- Tritt während der Fahrt irgendein Geräusch auf, das man weder erklären noch lokalisieren kann, zunächst einmal die Kupplung treten, und dann die Fahrgeschwindigkeit verringern.

- Das Auskuppeln kann z.B. bei einem »Kolbenfresser« das Blockieren verhindern.

- Platzt ein Reifen, sollte man gleichfalls als erstes auskuppeln. Das Lenkrad festhalten und gegebenenfalls Gegenlenken. Den Wagen nicht abrupt, sondern langsam abbremsen.

Der Dieselmotor im Winter

- Ein Dieselmotor springt im Winter besser an, wenn Sie dem Dieselöl gelegentlich ein paar Liter normales Benzin beimischen. Das Mischungsverhältnis darf aber das Verhältnis 1:10 nicht übersteigen.

Der gegipste Auspuff

- Der Auspuff gehört zu den Verschleißteilen am Automobil. Meist rostet er zunächst einmal an einer Stelle durch und in aller Regel dann, wenn man es überhaupt nicht brauchen kann. Provisorisch kann man sich unterwegs mit einer Gipsbinde (in Apotheken erhältlich) helfen. Wie beim Arzt macht man die Gipsbinde naß und wickelt sie um den schadhaften Auspuff. Nach einigen Minuten ist der Gips trocken und der schadhafte Auspuff so weit abgedichtet, daß man ohne störenden Lärm nach Hause fahren kann.

Kaugummi gegen Kühlerleck

- Ein Kaugummi hat schon in vielen Notlagen Abhilfe geschaffen. Leckt zum Beispiel aus irgendeinem Grund Ihr Kühler, kleben Sie einen Kaugummi auf die undichten Stellen. So kommen Sie bis zur nächsten Tankstelle und verlieren keinen Tropfen Wasser.

Heiße Tage

- Wenn man an heißen Tagen den Wagen in der Sonne abstellen muß, bleiben die Sitze verhältnismäßig kühl, wenn man die Lehnen der Vordersitze nach vorne kippt.

- Am Lenkrad haben sich an solchen Tagen auch schon manche die Finger verbrannt. Handschuhe sind der beste Schutz gegen solche Verbrennungen.

Kühler und Kühlwasser

- Wenn das Kühlwasser kocht, nicht den Motor abstellen, sondern Heizung einschalten, und Motor weiter laufen lassen. Die

Temperatur sinkt dann – durch die vergrößerte Kühlfläche – sehr schnell ab.

- Ist das Kühlwasser zu heiß geworden – man sieht die Temperatur am Thermometer am Armaturenbrett –, neues Wasser nur bei laufendem Motor nachfüllen.

- Vorsicht beim Öffnen des Deckels. Vorher Handschuhe anziehen, und dann den Deckel so vorsichtig öffnen wie eine Sektflasche.

- Geht unterwegs einmal das Kühlwasser aus und man hat kein geeignetes Gefäß zum Wasserholen zur Hand, kann man als »Eimer« die innen gut gesäuberten Radkappen verwenden.

Fahren mit dem Anlasser

- Bei jeder Art von Panne, den Wagen so schnell wie möglich aus dem fließenden Verkehr herauslenken.

- Ist dies mit eigener Kraft nicht mehr möglich, kann der Anlasser helfen.

- 2. Gang einlegen, und den Zündschlüssel wie zum Anlassen drehen. Der Wagen rollt wie von Geisterhand bewegt. Wer freilich länger auf diese Art fährt, braucht bald eine neue Batterie.

Eine glänzende Idee

- Insektenflecken an der Windschutzscheibe und am Kühler kleben oft sehr hartnäckig und sind mit Wasser und Seife nur schwer zu entfernen. Ganz leicht geht es aber, wenn man Natron auf einen feuchten Schwamm schüttet und damit die schmutzigen Stellen abreibt. Unbedingt hinterher mit klarem Wasser nachspülen.

Abziehbilder

- Reste von Abziehbildern und Aufklebern, die hartnäckig an den Scheiben kleben, können mit Terpentinöl leicht und gründlich entfernt werden.

- Scheibe anschließend mit Spiritus oder Glasreiniger behandeln.

Scheibenwischer

- Defekte Scheibenwischer sind bei einer Fahrt im Regen äußerst störend.

- Bis zur nächsten Tankstelle oder Werkstatt kann ein Apfel weiterhelfen. Den Apfel in zwei Hälften teilen, und mit den Schnittflächen mehrmals über die Windschutzscheibe fahren. Der Regen läuft nach dieser Behandlung der Scheibe als gleichmäßiger und gut durchschaubarer Film an der Scheibe herunter.

Beleuchtung

- Wenn Sie eine Scheinwerferbirne auswechseln, die Birne nur am Sockel anfassen. Fingerabdrücke auf den Glasflächen werden bei Benutzung des Scheinwerfers richtig eingebrannt und verkürzen die Lebensdauer der Lampe.

Autofenster

- Wenn Autofenster quietschen, dann reiben Sie die Fensterrahmen mit einem Stück Seife ein.

- Lassen Sie im Winter ein Fenster einen kleinen Spalt offen, um zu verhindern, daß die Autofenster von innen vereisen.

Wenn die Windschutzscheibe bricht

- Die meisten Autofahrer haben sich mittlerweile aus gutem Grund für eine Verbundglas-Scheibe entschieden. Diese kann zwar bei einem Steinschlag auch noch springen, aber sie zerfällt nicht wie die herkömmlichen Windschutzscheiben in tausend Stücke.

- Wenn eine Scheibe zu Bruch gegangen ist, den Wagen vorsichtig abbremsen und an den Straßenrand lenken.

- Viele Fahrer vergessen dabei in den Rückspiegel zu schauen, um den nachfolgenden Verkehr zu beobachten. Und zwar ist dieses Fehlverhalten eine Art psychologische Kettenreaktion. Man glaubt, wenn man nach vorne nichts mehr sieht, ist auch der Rückspiegel blind.

- Nach dem Anhalten alle Krümel entfernen. Wenn sie sich erst bei der Weiterfahrt lösen, können diese Überreste wie Granatsplitter wirken.

- Vor der Weiterfahrt Heizungsgebläse einschalten. Viele Glaskrümel sind durch diese Schlitze nach unten gefallen.

- Wer ohne Windschutzscheibe weiterfährt, sollte in jedem Falle eine Brille aufsetzen.

- Übrigens: Im Zubehörhandel oder bei den Automobilclubs gibt es Ersatzwindschutzscheiben, die provisorisch eingebaut werden können.
  Bis zu einer Geschwindigkeit von 80km/h sollen diese Plastikscheiben halten.

Antenne

- Die Radioantenne bleibt gleitfähig, wenn sie ab und zu einen dünnen Wachsmantel erhält.

- Sie können sie auch bei Gelegenheit mit Wachspapier abreiben.

Tankdeckel

- Bringen Sie einen Magneten an Ihrem Tankverschlußdeckel an, und heften Sie diesen während des Tankens ans Auto. Wenn Sie vergessen, ihn wieder zuzuschrauben, so haben Sie doch die Chance, daß er immer noch da haftet, wenn Sie nach Hause kommen.

Der Lack ist ab – Tips für die Wagenpflege

Lackschäden

- Gegen Rost am Fahrzeug ist – wenn er erst einmal zum Vorschein kommt – kein Kraut gewachsen. Die ganzen Tips mit Rostumwandler, Schmirgelpapier und Sprühdose sind bei Licht besehen keinen Pfifferling wert. Der Glanz hält kaum so lange, wie der Lack braucht, um zu trocknen. In diesem Zustand kann – wenn überhaupt – nur der Fachmann weiterhelfen.

- Bei Lackabsplitterungen, z.B. durch Steinschlag, kann im Anfangsstadium durch schnelle Entfernung des Rostes mit einem Lackstift die Oberfläche wieder geschlossen werden.

- Oder machen Sie die Stelle sofort gründlich sauber und streichen Sie farblosen Nagellack darüber, um dem Rosten vorzubeugen.

- Ein dauerhafter Schutz ist allerdings nur dann gegeben, wenn wirklich das Unterblech von jedem Rost befreit wird und unter dem Lack eine Grundierung aufgebracht wird.

- Schleifen Sie die Roststellen mit Schmirgelpapier so weit ab, bis das noch nicht angegriffene Blech zum Vorschein kommt.

- Man schneide in einen Karton ein Loch, das etwas größer ist als die schadhafte Stelle. Zum Sprühen halten Sie den Karton über das Autoblech, und es wird nur die schadhafte Stelle neu lackiert.

- Stellt man die Rostung erst dann fest, wenn an der Lackaußenseite sich Rostblasen gebildet haben, ist dieses Teil der Karosserie nicht mehr zu retten. In diesem Fall kann nur noch die Fachwerkstatt helfen.

- Wenn Ihr Fahrzeug rostet, sind Sie nicht allein. Die Höhe der Korrosionsschäden an Kraftfahrzeugen wird auf fünf Milliarden DM pro Jahr geschätzt.

Rostschutz

- Verhindern Sie das Festsetzen von Rost dadurch, daß Sie Ihr Auto sauberhalten – außen, innen und auch untendrunter. Legen Sie einen Rasensprenger unter das Auto und drehen Sie den Wasserhahn voll auf. So werden Salz und andere Chemikalien, die sich im Winter am Autoboden angesetzt haben am besten abgespült.

- Aluminiumfolie in Coca-Cola getunkt hilft, wenn Sie Rostflekken von den Stoßstangen entfernen wollen.

Dellen im Blech

- Großflächige Dellen im Blech ohne scharfkantige Knickstellen an ebenen Flächen des Wagens lassen sich mit Hilfe eines Gummisaugers (für verstopfte Abflüsse) wieder ausbeulen.

Waschen

- Bei der Autowäsche sollte man nie an Wasser sparen. Zu empfehlen ist das Waschen mit fließendem Wasser aus dem Schlauch, nicht aus dem Eimer, da der Schwamm die im Eimer befindlichen Schmutzkörnchen wieder aufnimmt. Dadurch können leicht Kratzer auf dem Lack entstehen.

- Beim Autowaschen zuerst den Staub und Schmutz auf der Karosserie mit sanftem Wasserstrahl aufweichen. Dann mit weichem Schwamm oder wasserdurchflossener Bürste in kreisenden Bewegungen wischen.

- Wenn der Schmutz stärker haftet, kann man ein Shampoo oder ein neutrales Waschmittel nehmen.

- An heißen Sonnentagen sollten Sie Ihr Auto im Schatten oder in der Dämmerung waschen. So können Sie häßliche Schlieren vermeiden.

- Bevor Sie mit Ihrem Wagen in eine Waschanlage fahren, achten Sie darauf, daß alle Fenster geschlossen sind.

- Wenn in der Waschanlage irgend etwas unvorhergesehenes passiert, nicht in Panik ausbrechen und vielleicht sogar aussteigen. Die Hupe ist das beste Signal, um in einer solchen Situation Hilfe herbeizuholen.

- Für Metallic-Lackierungen gibt es keine besonderen Pflegevorschriften. Die üblichen Lackpflegemittel können auch bei dem Metalleffekt eingesetzt werden.

- Polierpasten oder Polierflüssigkeiten mit höheren Schleifmittelanteilen sowie schärfere Lackreiniger sollten nach Möglichkeit bei Metallic-Lackierungen vermieden werden, da unter Umständen die effektbildenden Metallteilchen freigelegt werden können.

- Fenster und verchromte Teile werden superglänzend, wenn man sie mit Zeitungspapier nachpoliert.

- Beim Fensterputzen Innenspiegel nicht vergessen. Nach dem Reinigen wieder richtig einstellen.

Cabrio-Pflege

Man unterscheidet zwei Arten von Verdeckstoffen: den Baumwoll-Verdeckstoff und den PVC-Verdeckstoff.

- Ein Baumwoll-Verdeck sollte vor dem Waschen mit einer weichen Bürste ausgebürstet werden und zwar immer in Richtung der Gewebelinien.

- Bei stärkerer Verschmutzung kann das Verdeck auch mit einer leichten Seifenlauge, wiederum unter Verwendung einer weichen Bürste, gereinigt werden.

- Allerdings muß man sich darüber im Klaren sein, daß die Behandlung mit Waschmitteln den wasserabweisenden Effekt der Imprägnierung verringert.

- Von Zeit zu Zeit das Baumwoll-Verdeck mit einem Imprägnier-Mittel nachbehandeln.

- Bei einem Verdeckstoff aus PVC braucht man mit der Pflege nicht allzu pingelig zu sein. Er kann mit handelsüblichen neutralen Waschmitteln gereinigt werden, natürlich auch mit Kunststoffreinigern.

- Auf keinen Fall lösungsmittelhaltige oder wachsartige Pflegemittel verwenden, da es in diesem Fall zu einer Extraktion des Weichmachers kommen kann.

- Wenn Sie mit einem solchen Verdeck in eine Waschanlage fahren, nur einfache Wäsche ohne Zusätze verlangen.

Tips für das Innere des Wagens

- Reinigen Sie Kunststoffsitze und Armaturenbretter mit einem

Tuch, das Sie in Fußbodenreiniger getaucht haben. Er entfernt Schmutz, verdeckt gleichzeitig Kratzer und abgestoßene Stellen, trocknet schnell, gibt Glanz und klebt nicht.

Reifenpflege

- Reifen sollten nicht im Freien gelagert, sondern in geschlossenen und kühlen Räumen aufbewahrt werden.

- Reifen auf Felgen kann man übereinander stapeln.

- Reifen ohne Felgen sollten einzeln nebeneinander gestellt werden, damit sie sich nicht verformen.

- Die Reifen dürfen nicht mit Öl, Benzin oder Fetten in Berührung kommen, da sonst Bestandteile des Gummis aufgelöst werden.

- Wenn die Reifen abmontiert werden, empfiehlt es sich, sie mit Kreide zu kennzeichnen (»hl« = hinten links, usw.).

Garagentips

- Streuen Sie Katzenstreu auf den Garagenboden, um Öltropfen aufzufangen. Sie brauchen sie nur aufzukehren, wenn sie vollgesaugt ist.

- Hängen Sie einen Reifen auf Stoßstangenhöhe an die Vorderseite Ihrer Garage.

- Wenn Ihr Garagenplatz eng ist, so hängen Sie Schläuche, Schaumgummi oder Teppichstücke an die Seitenwände. Ihre Autotür wird dadurch nicht mehr beschädigt, wenn Sie sie aufmachen.

Was Sie schon immer wissen wollten

Aktive Sicherheit

- Darunter versteht man alle jene konstruktiven Elemente, die die Fahreigenschaften eines Fahrzeuges so positiv beeinflussen, daß es auch in Grenzsituationen beherrschbar bleibt. Dazu gehören u.a. das Lenkverhalten, das Fahrwerk und, als neueste Errungenschaft, das Anti-Blockier-System der Bremsanlagen.

Benzineinspritzung

- Anstatt Benzin dem Motor über einen Vergaser zuzuführen, kann der Kraftstoff auch über eine Einspritzdüse direkt in den Zylinder oder in das Saugrohr kurz vor dem Einlaßventil eingespritzt werden. Der Vorteil der Benzineinspritzung liegt hauptsächlich darin, daß der Kraftstoff wesentlich gleichmäßiger auf alle Zylinder verteilt werden kann. Allerdings ist eine Benzineinspritzpumpe auch teurer als ein Vergaser.

Benzinpumpe

- Dient dazu, den Kraftstoff vom Tank zum Vergaser bzw. bei Einspritzmotoren zur Einspritzpumpe zu befördern.

Differential-Ausgleichsgetriebe

- Erlaubt den angetriebenen Rädern eines Fahrzeuges, sich mit unterschiedlicher Geschwindigkeit zu drehen. Dieser Ausgleich ist nötig, da beim Durchfahren einer Kurve die kurveninneren Räder einen kleineren Kreisbogen fahren als die kurvenäußeren Räder.

Drehzahl

- Anzahl der Kurbelwellenumdrehung pro Minute. Der Betriebsbereich eines Verbrennungsmotors bewegt sich zwischen der Leerlaufdrehzahl (500–1000 Umdrehungen/min) und der Höchstdrehzahl. In Einzelfällen kann die Höchstdrehzahl auch noch höher liegen.

Getriebe

- Im Gegensatz zur Dampfmaschine oder zum Elektromotor gibt ein Verbrennungsmotor erst bei relativ hohen Drehzahlen nutzbare Leistung ab. Das bedeutet beim Kraftfahrzeug, daß die Drehzahl des Motors auf die Drehzahl der Räder übersetzt werden muß. Neben einer Grundübersetzung im Achsantrieb sind weitere Übersetzungsmöglichkeiten nötig, um das Motordrehmoment an die verschiedenen Fahrbedingungen anzupassen. Daher ist jedes Kraftfahrzeug mit einem Getriebe ausgerüstet.

Klopfen

- In seiner schwächeren Form auch Klingeln genannt, ist das akustisch wahrnehmbare Zeichen einer anomal verlaufenden Verbrennung im Motor. Es tritt auf, wenn sich das Kraftstoffluftgemisch im Zylinder durch Druck – oder Temperaturanstieg vorzeitig entzündet.

- Durch die gegenüber einer normalen Verbrennung wesentlich höhere mechanische und thermische Belastung des Motors kann es bei längerem Betrieb zu Schäden an Kolben, Pleuel- und Kurbelwellenlager kommen.

Kolbenfresser

- Verschweißen und Steckenbleiben des Kolbens im Zylinder. Grund: mangelhafte Schmierung der Zylinderlaufbahnen.

Lichtmaschine

- Generator zur Versorgung der elektrischen Verbraucher sowie zum Laden der Batterie. Sie wird von der Kurbelwelle des Motors über einen Keilriemen angetrieben.

Nockenwelle

- Die Nockenwelle steuert das Öffnen und das Schließen von Ein- und Auslaßventilen.

Passive Sicherheit

- Sicherheitsmaßnahmen an einem Fahrzeug, die zur Verhinderung oder Milderung von Unfallfolgen führen. Grundlage der passiven Sicherheit sind energieaufnehmende, nachgiebige Knautschzonen am Fahrzeug vorn und hinten und eine in sich stabile Fahrgastzelle.

Pleuel

- Kolbenstange zur Verbindung zwischen Kolben und Kurbelwelle.

Spoiler

- Luftleitblech an Front- oder Heckpartie von Fahrzeugen. Spoiler beeinflussen bei hohen Geschwindigkeiten die Umströmung des Fahrzeugs. Durch eine Verminderung des aerodynamischen Auftriebs können sie in diesem Geschwindigkeitsbereich die Fahrsicherheit erheblich erhöhen. Darüber hinaus kann der Luftwiderstand durch sie reduziert werden.

- Nachträglich angebrachte Spoiler müssen vom Fahrzeughersteller freigegeben sein und in die Fahrzeugpapiere eingetragen werden.

Stoßdämpfer

- Stoßdämpfer sollen unerwünschte Schwingungen verhindern. In der Fahrzeugfederung sind sie unentbehrlich, da ohne Stoßdämpfer die Räder springen und vom Boden abheben würden.

Zündzeitpunkt

- Zeitpunkt des Funkenüberschlags zwischen den Zündkerzen-Elektroden. Der Zündzeitpunkt hat großen Einfluß auf den Kraftstoffverbrauch, wenn er nicht optimal eingestellt ist.

Damit der Urlaub zur Erholung wird

Die besten Tips für eine sichere Urlaubsfahrt

Kartenlesen

- Das wichtigste beim Kartenlesen ist zu wissen, daß alle Karten so angelegt sind, daß Norden immer oben ist. Fährt man nun von Norden nach Süden, liegt die Karte praktisch auf dem Kopf. Daraus erklärt sich, daß so viele Autofahrer Schwierigkeiten mit rechts und links haben!

- Die einfachste Methode ist die, die Karte immer so zu drehen, daß »geradeaus« gleich »oben« ist.

- Empfehlenswert ist das Verfahren nicht, weil erstens im Wagen meist der Platz fehlt für große Kartenverschiebungen und weil man zudem auch noch rückwärts oder schief lesen muß.

- Wesentlich besser ist folgender Trick: Man fährt Straße und Abzweigung mit dem Finger nach und stellt dabei unschwer fest, ob der Abbiegevorgang mit dem Uhrzeiger oder entgegen dem Uhrzeigersinn verläuft.

- Biegt der Finger mit dem Uhrzeiger ein, bedeutet das rechts herum und somit auch in natura rechts einbiegen.

- Biegt der Finger auf der Landkarte entgegen dem Uhrzeigersinn ab, dann ist das logischerweise links herum, auch mit dem Auto.

- Bundesstraßen sind nicht nur auf den Landkarten numeriert, sondern auch durch kleine rechteckige gelbe Täfelchen am Straßenrand.

- Auch auf den Wegweisern und Vorwegweisern sind die Bundesstraßen-Nummern angegeben.

- Schilder zu und auf Autobahnen sind stets blau mit weißer Schrift.

- Das fernste Ziel steht auf Autobahn-Hinweisschildern immer oben.

- Die nächste Ausfahrt immer unten.

- Eine gute Orientierungshilfe in einer fremden Stadt sind die Hausnummern.

- Fast überall beginnt die Numerierung auf der linken Seite mit 1, 3, 5 und so weiter und rechts dementsprechend mit den geraden Zahlen, und zwar von der Stadtmitte her gesehen nach stadtauswärts hin ansteigend.

Tips für eine sichere Urlaubsfahrt

- Die Zeiten der Pionierleistungen sind zwar bei Reisen in Europa vorbei, dafür haben wir uns aber den Streß des »Stop and go« – Verkehrs eingehandelt.

- Unterschätzen Sie nicht die physische Anstrengung, die Ihnen eine solche Autofahrt abverlangt.

- Von den 26 Millionen Bundesbürgern, die mindestens einmal im Jahr Urlaub machen, fahren rund 16 Millionen mit dem Auto in die Ferien.

- Am stärksten belastet sind die Autobahnen und Grenzübergänge am Freitagnachmittag und am Samstagvormittag nach Ferienbeginn.

- Wenn Sie abends losfahren, kämpfen Sie die ganze Nacht mit der Müdigkeit.

- Wenn Sie nachts fahren wollen, vorher den Wagen packen, und dann noch ein paar Stunden zu Hause schlafen.

- Lieber erst um 3.00 Uhr in der Früh starten und in den Tag hineinfahren.

- Kaffee muntert zwar zwischendurch auf, mobilisiert aber auch die letzten Leistungsreserven. Wer sich nur noch damit wach hält, dem darf nicht mehr viel passieren, bis wirklich etwas passiert.

- Anstatt immer nur Kaffee sollten Sie zwischendurch einmal Tee trinken. Tee putscht zwar nicht so schnell auf, dafür hält aber seine Wirkung länger an.

- Vor einer Nachtfahrt unbedingt die Beleuchtungsanlage überprüfen.

- Ersatzbirnen und -sicherungen mitnehmen.

- Dinge, die man unterwegs braucht, in Griffnähe legen. Im dunklen Auto sucht man sonst oft planlos und verliert leicht die Übersicht über das Verkehrsgeschehen.

- Vor Antritt der Reise volltanken. Denn nur die Autobahntankstellen haben auch nachts geöffnet.

- Wenn Sie auf Nebenstrecken fahren, daran denken, daß nicht alle kleinen Grenzübergänge die ganze Nacht über abfertigen.

- Kinder, die im Auto während der Fahrt schlafen, wachen bei einer Pause in aller Regel auf. Daran denken, bevor man hält. Wenn es sich einrichten läßt, lieber eine Stunde länger durchfahren, als aus dem Schlaf gerissene Kinder zu beruhigen.

- Auch größeren Kindern ist es während einer langen Autofahrt oft langweilig. Deshalb beim Packen schon daran denken, welche Spiele während der Fahrt für Abwechslung sorgen können. Das Kartenspiel im untersten Koffer nützt dann nur wenig.

Was man vorher nicht vergessen sollte

- Tage vor Urlaubsantritt eine Liste auflegen über all die Dinge, die man gerne mitnehmen möchte und über jene, die man vorher noch erledigen sollte.

- Wenn Sie zu jenen gehören, die den Strom zu Hause abschalten, wenn sie verreisen, die Tiefkühltruhe und das Gefrierfach nicht vergessen.

- Gefrorene Eisstückchen tauen auf, werden wieder zu Wasser und tropfen langsam die Küche voll.

- Wenn Sie den Strom nicht abstellen – was sich im Winter ohnehin nicht empfiehlt, weil dann die Heizung auch nicht mehr funktioniert – wenigstens den Stecker des Fernsehapparates herausziehen. Schon harmlose Blitzeinschläge können der komplizierten Elektronik schaden.

Wem gehört das Auto?

- Ein Auto mit deutschem Kennzeichen gilt in vielen Ländern als illegal eingeführt, wenn ein »Einheimischer« am Steuer angetroffen wird.

- Im Ausland dürfen Sie sich deshalb am Steuer nur von Personen ablösen lassen, die wie Sie Deutsche sind.

- Umgekehrt gilt dasselbe: Fahren Sie deshalb in Deutschland niemals einen im Ausland zugelassenen Wagen.

- Nichts spricht allerdings dagegen, wenn Sie als deutscher Staatsbürger zum Beispiel in der Schweiz einen dort zugelassenen Wagen fahren.

Wie soll man bezahlen

- Reiseschecks – vornehmer auch Traveller-Schecks genannt – sind auf Reisen besser als Bargeld.

- Gestohlenes oder verlorenes Bargeld ersetzt Ihnen nämlich niemand. Schecks dagegen kann man sperren oder bei Euro-Schecks bis zu einem gewissen Grad versichern lassen.

- Bei Euro-Schecks Scheckkarte und Schecks immer getrennt aufbewahren. Besonders Damen bewahren noch immer meist beides in der Handtasche auf, wenn auch in verschiedenen Fächern. Aber bei Verlust der Handtasche ist dann beides weg.

- Handgeld in Landeswährung mitnehmen. Möglichst etwas Kleingeld eintauschen. Der Barkeeper an der ersten Espresso-Station nach der Grenze wechselt ungern umgerechnet einen 100 Mark-Schein, wenn der Kaffee nur DM 1,50 kostet.

Devisenroulette

- Alle Ostblockstaaten verbieten die Einfuhr ihrer eigenen Währung oder beschränken die Einfuhr auf ein kleines Handgeld. Man muß sein Geld in harten Devisen mitbringen und im Land umtauschen.

- Bei der Einreise D-Mark-Bestand deklarieren.

- Im Land selbst jeden Geldwechsel bestätigen lassen.

- »Schwarzumtausch« ist verboten und kann Sie teuer zu stehen kommen.

- Bei einer Kontrolle bei der Ausreise müssen der Betrag auf den Quittungen für den amtlichen Umtausch zusammen mit einem eventuellen D-Mark-Restbestand die eingeführte Summe ergeben.

Wenn die Spannung nachläßt

- Nicht alle Länder speisen ihr Stromnetz mit einer Spannung von 220 Volt. Viele begnügen sich noch immer mit 110 Volt oder einer Spannung, die zwischen 110 V und 220 V liegt.

- Wenn Sie nicht sicher sind, welche Spannung aus der Steckdose kommt, auf einer Glühlampe nachschauen.

- Finden sich dort keine Anhaltspunkte über die Spannung, den Rasierapparat zunächst auf der Stellung 220 V ausprobieren. Läuft er zu langsam, auf 110 V umstellen.

Mach' mal Pause

- Rund 3 Millionen Autofahrer sitzen alljährlich auf der Urlaubsfahrt länger am Lenkrad, als für sie und andere gut ist.
  Der ADAC empfiehlt folgenden Pausen-Fahrplan:

- 1 Stunde nach Abfahrt 5 Minuten Pause

- 3 Stunden nach Abfahrt 10 Minuten Pause

- 5 Stunden nach Abfahrt 20 Minuten Pause

- 7 Stunden nach Abfahrt 60 Minuten Pause

- 9 Stunden nach Abfahrt 5 Minuten Pause

- spätestens 10 Stunden nach Abfahrt Übernachtung.

- Außerdem empfiehlt der ADAC, den »Biorhythmus des Körpers« auszunützen.

- Wer gegen 3.00 Uhr aufsteht, gut frühstückt und um 4.00 Uhr startet, vermeidet das unfallträchtige 2.00-Uhr-Leistungstief und liegt genau im Aufwärtstrend seiner Leistungsfähigkeit.

- Gegen 14.00 Uhr folgt ein weiteres Leistungstief. Es empfiehlt sich also, um diese Zeit Mittagspause zu machen.

Damit der Urlaub zur Erholung wird

- Grundsätzlich dem Körper genügend Zeit lassen, sich auf die neue Umgebung einzustellen.

- Am Anfang viel schlafen, wenig Alkohol, keine anstrengenden Besichtigungs-Touren, und erst allmählich Gewöhnung an Sonne, Wasser und fremde Kost.

- Niemals sonnenbaden, ohne die Haut mit einem Sonnenschutzmittel einzureiben, das dem eigenen Hauttyp angepaßt ist.

- Die Dauer der Sonnenbäder nur allmählich steigern; die Perioden von Tag zu Tag um etwa ein Drittel verlängern.

- Hat man trotzdem einen Sonnenbrand nicht verhindern können, hilft am besten eine Antihistaminica-Salbe, die in Apotheken rezeptfrei zu haben ist.

- Neben Sonnenbrand oder Hitzschlag ist die Darmgrippe die am weitesten verbreitete Reisekrankheit.

  Um sich dagegen zu schützen, sollte man einige einfache Regeln beachten:

- Grundsätzlich kein Leitungswasser trinken.

- Wenn Sie in der Ferienwohnung auf Eiswürfel nicht verzichten wollen, Mineralwasser zur Aufbereitung nehmen.

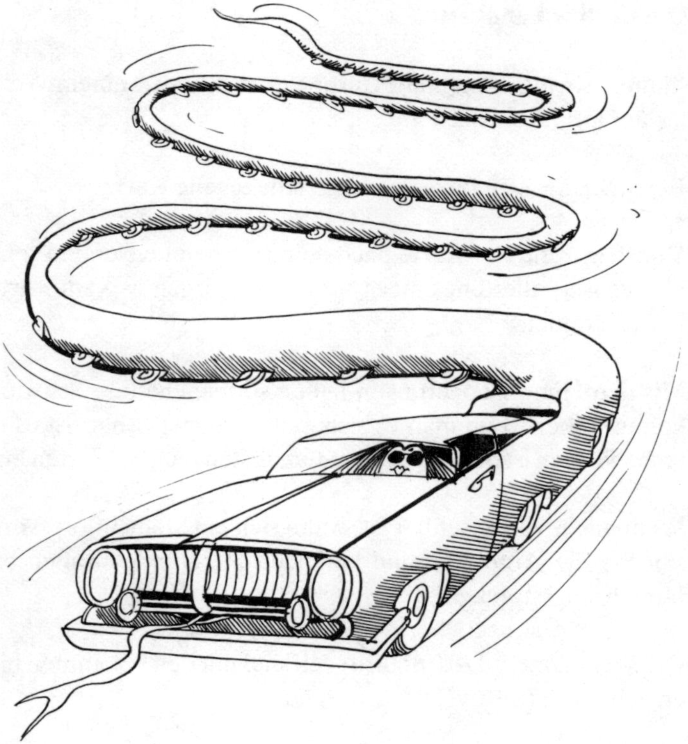

- Bei der Zubereitung von Salaten möglichst viel Essig und Zitronensaft verwenden, damit sich Bakterien im Magen nicht weiter vermehren können.

- Die beste Therapie und Prophylaxe: Nicht zu ängstlich sein. Nicht überall Diebe und Krankheitserreger vermuten.

- Vor Antritt der Urlaubsreise bei der Krankenkasse jenes Formular besorgen, das Ihnen in den meisten Urlaubsländern die Behandlung auf Krankenschein zusichert.

- Wer vor lauter Vorsicht keine Ruhe und Erholung findet, sollte zu Hause Urlaub machen.

Die richtige Landkarte

- Fahren Sie nicht mit einer Europakarte oder gar einem Weltatlas auf Urlaubsreise.

- Besorgen Sie sich für jedes Land eine eigene Karte.

- Vor dem Kauf der Karte nach dem Erscheinungsdatum sehen. Dieses ist – allerdings meist sehr klein – irgendwo am Kartenrand zu finden.

- Mit den Himmelsrichtungen haben so manche ihre Schwierigkeiten. Aber wenn man es sich einmal gemerkt hat, ist es einfach. Norden ist oben, Süden unten, Osten rechts, Westen links.

- Wenn nicht voraussehbar ist, wann sich ein Stau auflöst, verlassen Sie die Autobahn und benutzen Sie Bundesstraßen bzw. Umfahrungsstrecken.

- Die sogenannten U-Umfahrungen sind mit den bekannten blauen Schildern (z.B. »U 61«) markiert.

- Während der Fahrt Radio hören, um über die jeweilige Verkehrslage informiert zu sein.

- Die Frequenzen des nächsten Senders mit Verkehrsmeldungen finden Sie auf den blauen Hinweisschildern entlang der Autobahn.

- Wenn Sie im Stau stehen, niemals die ganze Familie aussteigen lassen.

- Wenn der Motor zu heiß geworden ist, Heizung anmachen und Motorhaube öffnen.

- Auch bei einem Stau ist es nicht erlaubt, die Standspur zu benutzen. Auch wenn es noch so verlockend ist, neben sich eine scheinbar freie Spur zu haben.

Das Auto ist kein Packesel, aber der Kofferraum größer als man denkt

- In jedem Kraftfahrzeug steht das Leergewicht des Fahrzeuges und das zulässige Gesamtgewicht. Die Differenz dürfen Sie zuladen.

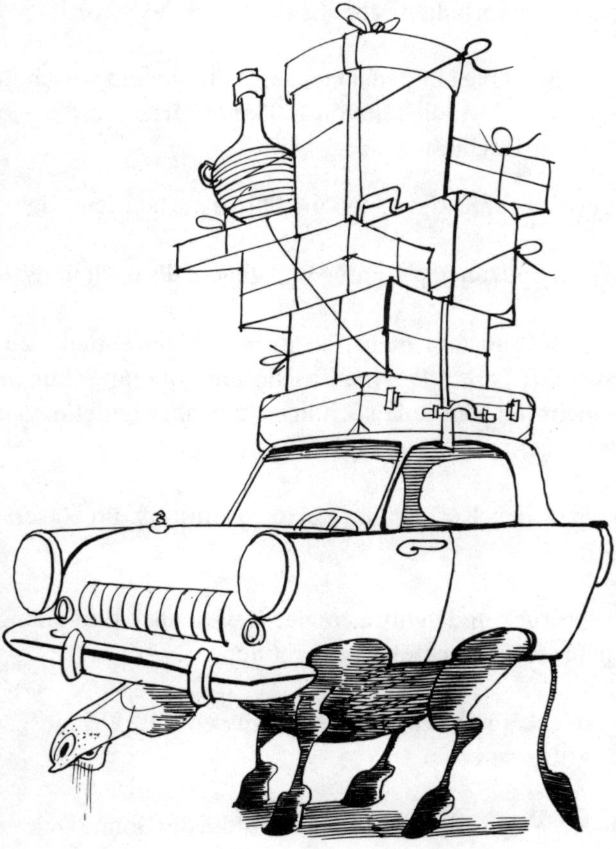

- Ein Beispiel am Audi 80: Leergewicht 980 kg. Zulässiges Gesamtgewicht 1.440 kg. Verbleiben für Urlaubsgepäck und Mitreisende 460 kg.

- Um ungefähr zu wissen, was man alles einpackt, Koffer zu Hause auf die Waage stellen.

- Wer sich für einen Dachgepäckträger entschließt, darf die Last auf dem Dach nicht ausklammern.

- Auf einen Dachgepäckträger nicht mehr als 50 kg zuladen, da sonst das Fahrverhalten erheblich beeinträchtigt wird.

- Gepäck und Plane auf dem Dachgepäckträger gut verschnüren. Bei einer Geschwindigkeit von 130 km/h rüttelt bereits ein Orkan an Ihrer Dachlast.

- Surfbretter so befestigen, daß die Spitze nach unten zeigt.

- Bei Skiern Spitzen nach hinten und gleichfalls nach unten.

- Der Kofferraum faßt mehr, wenn man kleine Stücke einzeln verstaut. Oft paßt z.B. eine Tasche mit 10 Paar Schuhen nirgends mehr hin. Für jeden Schuh einzeln aber findet man überall noch Platz. Notfalls unter den Sitzen.

- Bevor man den Kofferraum belädt, Luftdruck im Reserverad überprüfen.

- Den Luftdruck in den übrigen vier Reifen nach Bedienungsanleitung für vollgepacktes Auto erhöhen.

- Warndreieck und Verbandskasten müssen trotz Urlaubsgepäck immer griffbereit sein.

- Wenn der Wagen längere Zeit unter südlicher Sonne steht, dann ist es empfehlenswert, das Lenkrad mit einem Handtuch abzudecken. Schon mancher hat sich ohne diese Maßnahme beim Anfassen Brandblasen an den Händen geholt.

- Die Reifen sind mittlerweile so hitzebeständig, daß sie nicht mehr – wie früher üblich – abgedeckt werden müssen.

- Bei offenem Schiebedach Vorsicht vor direkter Sonneneinstrahlung. Mütze aufsetzen oder noch besser: im Süden Dach geschlossen lassen.

- Kühltasche mit Getränken oder Essen für unterwegs so verstauen, daß bei einer Pause nicht der ganze Kofferraum ausgeräumt werden muß.

- Eisbehälter für die Kühltasche am Abend vor der Abreise ins Tiefkühlfach legen.

- Die Kühltasche bleibt innen länger kühl, wenn sie mit Styropor ausgeschlagen wird.

- Keine Gegenstände auf die sogenannte Hutablage im Wagen legen. Sie fliegen beim Bremsen wie ein Geschoß mit bis zu siebenfachem Eigengewicht nach vorne.

- Keine Gepäckstücke auf das Schloß des Sicherheitsgurtes oder auf die Handbremse legen.

- Beim Beladen immer wieder probieren, ob der Kofferraumdekkel noch ohne Schwierigkeiten zugeht.

- Vor dem Beladen am besten alles Gepäck vor oder hinter dem Wagen aufstellen. Es erleichtert den Überblick für die Dimensionen der einzelnen Stücke. Wenn der größte Koffer bis zum Schluß in der Wohnung zurückgehalten wird, paßt er garantiert nirgends mehr hinein.

- Nach der Abfahrt durch Lenk- und Bremsversuche feststellen, daß sich ein beladener Wagen anders verhält als der, mit dem man täglich allein zur Arbeit fährt.

Wichtige Papiere fotokopieren

- Sie wären nicht der erste, der seine Papiere verliert. Manchmal werden einem diese auch gestohlen. In Deutschland ist die Wiederbeschaffung kein sonderliches Problem. Im Ausland aber ist man sehr schnell hilflos.

- In der entsprechenden Vertretung (Botschaft oder Konsulat) kann Ihnen wesentlich schneller geholfen werden, wenn Sie eine Kopie der gestohlenen Papiere vorlegen können.

- Deshalb empfiehlt es sich, vor der Reise den Reisepaß, Führerschein und Kraftfahrzeugschein zu kopieren. Möglichst mehrfach kopieren und an verschiedenen Stellen aufbewahren.

Mit Tieren in den Urlaub

- Autofahrer, die Hund oder Katze mit in den Auslandsurlaub nehmen wollen, müssen rechtzeitig an die Papiere für ihren Liebling denken. Welche Papiere für die Einreise mit Tieren in europäische Länder nötig sind, hat der ADAC zusammengestellt:

- *Belgien:* Es wird ein mindestens 30 Tage altes vom Amtstierarzt beglaubigtes Tollwut-Impfzeugnis verlangt. Die Impfung darf jedoch nicht älter als 12 Monate sein.

- *Bulgarien:* Es wird ein amtstierärztliches Gesundheitszeugnis verlangt, das nicht älter als 10 Tage sein darf; außerdem eine Bescheinigung über die Seuchenfreiheit des Herkunftlandes.

- *Dänemark:* Es wird ein mindestens einen Monat altes Tollwut-Impfzeugnis im Impfpass des Internationalen Grünen Kreuzes verlangt. Die Impfung muß mindestens 30 Tage, darf jedoch nicht mehr als 12 Monate zurückliegen.

- *DDR-Fahrten nach Berlin-West:* Es wird ein amtstierärztliches Gesundheitszeugnis (höchstens 5 Tage alt) oder ein amtstierärztliches Tollwut-Impfzeugnis verlangt. Die Impfung muß mindestens 30 Tage, aber nicht mehr als ein Jahr vor der Einreise erfolgt sein.

- *DDR-Fahrten durch die DDR und Reisen in die DDR:* Es ist ein amtstierärztliches Gesundheitszeugnis erforderlich, das nicht älter als 5 Tage sein darf. Daraus muß sich eindeutig ergeben, daß das Tier bei der Untersuchung keine Anzeichen einer Tiere oder Menschen gefährdenden Krankheit gezeigt hat, daß es nicht aus einem Gebiet stammt, das wegen Maul- und Klauenseuche sowie Tollwut oder einer anderen auf oder durch Hunde und Katzen übertragbaren Krankheit gesperrt ist, daß eine etwaige Impfung gegen Tollwut mindestens 4 Wochen zurückliegt.

- *Finnland:* Eine Einfuhrgenehmigung des Landwirtschaftsministeriums in Helsinki ist erforderlich. Sie muß über die Konsulate beantragt werden. Nach Ankunft 4 Monate Quarantäne!

- *Frankreich:* Es ist ein Tollwut-Impfzeugnis (Internationaler Impfpaß) erforderlich für über ein Jahr alte Tiere. Die Impfung muß mindestens 30 Tage, höchstens aber ein Jahr vor Einreise erfolgt sein.

- *Griechenland:* Es wird ein amtstierärztliches Gesundheitszeugnis verlangt, das nicht älter als 14 Tage sein darf. Außerdem wird eine Tollwut-Impfbescheinigung für Hunde verlangt. Die Impfung darf nicht länger als ein Jahr zurückliegen.

- *Großbritannien:* Einige Wochen vor Reisebeginn ist eine Einfuhrgenehmigung zu beantragen, ohne die dem Reisenden bei der Kanal-Überfahrt die Mitnahme des Tieres verweigert wird. Nach Ankunft 6 Monate Quarantäne!

- *Irland:* Vor Antritt der Reise ist rechtzeitig eine Einfuhrgenehmigung zu beantragen. Die Genehmigung muß zusammen mit einem amtstierärztlichen Gesundheitszeugnis bei der Einreise vorgelegt werden. Nach Ankunft 6 Monate Quarantäne!

- *Italien:* Es ist ein amtstierärztliches Gesundheitszeugnis, nicht älter als 30 Tage, erforderlich. Zusätzlich ein Tollwut-Impfzeugnis; die Impfung soll mindestens 20 Tage und nicht mehr als 11 Monate vor der Einreise erfolgt sein. Maulkorb und Leine sind mitzuführen (bei Leinenlänge über 1 m muß der Maulkorb angelegt werden).

- *Jugoslawien:* Es wird ein amtstierärztliches Gesundheitszeugnis mit einer Erklärung verlangt, die bestätigt, daß das Herkunftsland seit 6 Monaten tollwutfrei ist; oder eine Tollwut-Impfbescheinigung, die mindestens 15 Tage, höchstens aber 6 Monate vor dem Grenzübertritt ausgestellt ist.

- *Luxemburg:* Es wird ein mindestens einen Monat altes vom Amtstierarzt beglaubigtes Tollwut-Impfzeugnis verlangt. Die Impfung darf jedoch nicht älter als 12 Monate sein.

- *Niederlande:* Es wird ein vom Amtstierarzt beglaubigtes Tollwut-Impfzeugnis verlangt, die Impfung muß mindestens 30 Tage und höchstens 12 Monate vor der Reise erfolgt sein.

- *Norwegen:* Es wird eine Einfuhr-Genehmigung der Veterinär-Abteilung des Norwegischen Landwirtschaftsministeriums verlangt. Nach der Ankunft 4 Monate Quarantäne!

- *Österreich:* Es ist ein tierärztliches Tollwut-Impfzeugnis erforderlich. Die Impfung muß mindestens 30 Tage und höchstens 12 Monate vor der Einreise erfolgt sein. Für Hunde sind Maulkorb und Leine mitzuführen.

- *Polen:* Es wird ein amtstierärztliches Gesundheitszeugnis in zweifacher Ausfertigung, außerdem eine Tollwut-Impfbescheinigung (mindestens einen Monat alt) verlangt.

- *Portugal:* Es wird ein unmittelbar vor der Abreise ausgestelltes mehrsprachiges amtstierärztliches Gesundheitszeugnis verlangt. Außerdem noch eine Tollwut-Impfbescheinigung; die Impfung darf nicht jünger als 30 Tage und nicht älter als 12 Monate sein.

- *Rumänien:* Es wird ein nicht mehr als 10 Tage altes amtstierärztliches Gesundheitszeugnis verlangt. Außerdem eine Tollwut-Impfbescheinigung; die Impfung muß mindestens 30 Tage, bei Hunden nicht mehr als 12 Monate, bei Katzen höchstens 6 Monate zurückliegen.

- *Schweden:* Es wird eine Einfuhrgenehmigung und ein amtstierärztliches Gesundheitszeugnis verlangt. Nach der Ankunft Untersuchung und 4 Monate Quarantäne!

- *Schweiz:* Es wird ein Tollwut-Impfzeugnis verlangt. Die Impfung muß mindestens 30 Tage vor Grenzübertritt erfolgt sein, darf jedoch nicht länger als 12 Monate zurückliegen.

- *Sowjetunion:* Es wird ein amtstierärztliches Gesundheitszeugnis verlangt, das nicht älter als 10 Tage sein darf.

- *Spanien:* Es ist ein Tollwut-Impfzeugnis erforderlich, das von einem Amtstierarzt ausgestellt oder beglaubigt werden muß. Die Impfung darf nicht früher als 30 Tage und nicht später als 12 Monate vor der Einreise stattgefunden haben. Maulkorb und Leine sind mitzuführen.

- *Tschechoslowakei:* Amtstierärztliches Gesundheitszeugnis mit der Erklärung, daß im Heimatort und im Umkreis von 40 km in den letzten 90 Tagen Tollwut nicht verzeichnet wurde. Die Ausstellung darf nicht früher als 2 Tage vor Reiseantritt erfolgen.

- *Türkei:* Amtstierärztliches Gesundheits- und Tollwut-Impfzeugnis, höchstens 3 Monate alt, erforderlich. Die Zeugnisse müssen von einem türkischen Konsulat übersetzt und beglaubigt sein.

- *Ungarn:* Amtstierärztliches Gesundheitszeugnis, nicht älter als 10 Tage, erforderlich. Für Hunde außerdem eine Tollwut-Impfbescheinigung; die Impfung muß mindestens einen Monat, höchstens aber 12 Monate vor Einreise erfolgt sein.

- Wer seinen vierbeinigen Freund wieder in die Bundesrepublik Deutschland einführen will, muß der deutschen Grenzdienststelle ein amtstierärztliches Gesundheitszeugnis oder eine Tollwut-Impfbescheinigung, nicht älter als ein Jahr, vorlegen. Es kann auch ein am ausländischen Aufenthaltsort ausgestelltes amtstierärztliches Gesundheitszeugnis verwendet werden, das nicht älter als 10 Tage sein darf.

So baut man Spannungen ab

Die besten
Gymnastikübungen am Lenkrad

Gymnastik für Autofahrer

Nach einer längeren Autofahrt ist bereits jede Art von Bewegung Gymnastik und Entspannung.

- Am einfachsten sind die Lockerungsübungen.

- Sich breitbeinig hinstellen, Arme in die Hüften stemmen, und den Kopf kreisen lassen.

- Breitbeinig stehen, die Arme hoch über den Kopf strecken, die Augen ebenfalls nach oben richten.
  Einatmen, dann den Oberkörper mit den Armen völlig locker nach unten und durch die gegrätschten Beine nach hinten schwingen; dabei intensiv ausatmen. Mit Schwung geht es wieder zur Anfangsstellung in die Höhe.

Ein Tip für die Gelenkigkeit der Körpermitte

- Breitbeinig stehen, die Arme locker an den Seiten hängen lassen. Lediglich der Oberkörper wendet sich nun mit Schwung nach rechts, der Kopf muß der Bewegung schnell folgen, die Augen blicken nach rückwärts. Beide Arme pendeln völlig kraftlos mit. Anschließend dasselbe Schwingen nach der linken Seite.

- Durch das intensive Drehen in der Gürtellinie und das fixe Wenden des Kopfes soll die Geschmeidigkeit in der Gürtellinie erhalten oder wiedergewonnen werden.

Entspannungsübungen für die Schulter

- Mit beiden Schultern zugleich bis an die Ohren hochzucken, hochfedern und locker fallen lassen. Diese Bewegung konzentriert nur mit den Schultern ausführen, und die Arme ganz unbeteiligt an den Seiten hängen lassen.

- Breitbeinig stehen, beide Arme schulterhoch und seitlich halten; die Ellbogen sind steif. Die Arme werden nun nach vorne geschwungen, überkreuzen sich und federn einmal nach. Sofort nach rückwärts schwingen, einmal nachfedern, dann wieder nach vorn. Beim Rückwärtsschwingen die Schulterblätter intensiv zusammennehmen.

- Bequem stehen. Ein Arm ist nach vorne, der andere nach hinten gerichtet. Beide Arme fangen nun zugleich zu pendeln an, an den Körperseiten vorbei. Wichtig ist, daß die Schultern mit in die Schwingungen miteinbezogen werden und entspannt auf- und abschwingen.

Entspannung der Wirbelsäule

- Vielleicht findet sich in der Nähe des Rastplatzes ein Baumstumpf, der allerdings nicht zu niedrig sein sollte. Ein Fuß wird auf den Baumstumpf gestellt, das Knie sollte möglichst durchgedrückt sein. Nun die Arme hochstrecken und den Oberkörper mit viel Schwung zu den Zehenspitzen des aufgestellten Fußes hinabfedern. Beim Abschwingen des Oberkörpers wird ausgeatmet, beim Aufrichten eingeatmet.

- Breitbeinig stehen, die Arme über den Kopf strecken, einatmen. Wieder ausatmen und gleichzeitig den Oberkörper nach unten schwingen, die Arme locker mitpendeln lassen.

- Das abschließende Aufrichten muß langsam geschehen, damit sich die Wirbelsäule vom Gesäß an, Wirbel für Wirbel aufrollen kann.

Seilspringen und Kniebeugen

- Eine angenehme Gymnastik ist noch immer das Seilspringen. Wichtig ist, daß dabei die Hände locker kreisen. Die Füße brauchen nur so weit hochgezogen zu werden, daß das Seil spielend durchschwingen kann. Zügig atmen, sonst stellt sich das unangenehme Seitenstechen ein.

- Zur Abwechslung nur mit einem Bein springen, und nach vier Sprüngen auf das andere Bein umwechseln.

- Die guten alten Kniebeugen sollte man nicht als altmodisch verachten, sondern sie ungeniert in sein tägliches Gymnastikprogramm einschließen.

- Niemand sollte sich sklavisch an irgendwelche Übungen halten. Probieren Sie alle Bewegungsabläufe von denen Sie das Gefühl haben, daß sie Ihrem Körper gut tun. Aber denken Sie daran, daß Sie sich in den Pausen entspannen und nicht anstrengen sollen.

Gymnastik am Lenkrad

Autofahren ist nicht nur eine geistige, sondern auch eine körperliche Anspannung. Deshalb sollten Sie sich von Zeit zu Zeit entspannen. Eine solche Entspannung ist auch außerhalb der eigentlichen Pausen möglich, z.B. wenn Sie in einem Stau stehen.

- Mit beiden Händen das Lenkrad umfassen, dann die Schultern bis zu den Ohrläppchen hochheben und wieder locker abfallen lassen. Das lockere Abfallen ist genauso wichtig wie das federnde Hochzucken.

- Eine einfache Übung für die Nackenmuskulatur: Den Kopf ganz schwer nach vorne abfallen lassen und ein- oder zweimal nachfedern.
  Nach einigen Übungen umgekehrt verfahren: Den Kopf nach hinten fallen lassen und ein- oder zweimal nachwippen. Das

Kinn sollte dabei möglichst senkrecht nach oben gestreckt werden, damit sich die vorderen Halsmuskeln gut dehnen können.

- Noch eine Übung für Kopf und Nacken:
  Den Kopf seitlich neigen, das Kinn intensiv nach unten ziehen in Richtung der Achselhöhle. Die enorme Dehnung ist bis in die Mitte des Rückens zu spüren.
  Die Neigung des Kopfes natürlich auch nach der anderen Seite vornehmen.

- Für müde Hände gibt es zwei Entspannungsübungen. Jeweils eine Hand fest ausschütteln, dann eine Faust machen und impulsiv nach unten boxen. Anschließend wieder ausschütteln.

- Beide Hände intensiv am Steuer anspannen, bis drei zählen und locker lassen. Das kräftigt die Muskeln der Hände und fördert ihre Griffigkeit.

- Auch der Bauch soll nicht zu kurz kommen. Den Bauch fest einziehen, dabei bis fünf zählen. Beim An- bzw. Einziehen den Rücken gerade aufrichten, damit auch die Wirbelsäule einen Vorteil von dieser Übung hat.

Lockerungsübungen

- Wenn Sie sich bücken und es knackt so verdächtig in den Kniegelenken, dann ist es höchste Zeit für eine Lockerungsübung, um die Kniegelenke wieder in Schwung zu bringen.

- Setzen Sie sich auf einen Stuhl, einen Baumstumpf oder auf eine Bank und halten sich mit beiden Händen an der Sitzfläche fest. Beugen Sie Ihre Knie fest ein und ziehen Ihre Beine hoch. In der Luft versuchen Sie nun Ihre Knie rasch wechselweise zu beugen und zu strecken. Sie strampeln sozusagen mit Ihren Beinen in der Luft.

- Wenn Sie Lust haben, können Sie diese Übung auch etwas steigern, indem Sie Ihre Unterschenkel energisch nach oben schwingen. Bewegen Sie Ihre Beine locker und schnell, dabei atmen Sie besonders tief ein und aus.

- Angespanntes Sitzen während einer langen Autofahrt, verursacht öfters Schmerzen im Rücken, in der Schulterpartie und in den Armen. Das läßt sich durch eine einfache Lockerungsübung schnell ändern.

- Stellen Sie sich mit geschlossenen Füßen hin, breiten Sie die Arme seitlich aus und atmen Sie tief ein. Lassen Sie jetzt die Arme vor dem Körper über Kreuz schwingen und atmen Sie dabei aus.

- Sie erzielen noch einen zusätzlichen Effekt, wenn Sie beim Seitbreiten der Arme den Kopf etwas nach hinten ziehen und den Rücken strecken. Schwingen Sie hingegen Ihre Arme vor dem Körper über Kreuz, senken Sie den Kopf etwas und neigen auch den Oberkörper leicht vor.

- Um Stauungen in den Beinen zu vermeiden, wie das nach einer längeren Autofahrt vorkommen kann, ist die folgende Übung besonders geeignet.
  Setzen Sie sich wieder bequem auf einen Stuhl, einen Baumstumpf oder auf eine Bank, und halten Sie sich mit den Händen an der Sitzfläche fest. Jetzt schwingen Sie abwechselnd das linke und rechte Bein nach oben. Je höher, desto besser.

- Zur Entspannung der Wirbelsäule ist die folgende Übung zu empfehlen:
  Stellen Sie sich mit leicht gegrätschten Beinen hin, die Hände im Nacken zusammenfalten und mit dem Becken möglichst große Achter in die Luft zeichnen. Wenn es Ihnen angenehmer ist, können Sie während der Übung die Arme auch einmal seitlich neben dem Körper in der Luft halten oder vor dem Körper un-

gefähr in Schulterhöhe über kreuz legen. Wichtig ist, daß Sie die Übung locker, beschwingt und nicht steif und eckig machen.

- Das Beste gegen einen sitzmüden Rücken ist eine Lockerungsübung. Hier noch eine, die recht einfach durchzuführen ist. Zunächst einmal bequem hinstellen, dann die Hände von hinten gegen die Hüften stützen und den Oberkörper ganz weich und in fließenden Bewegungen abwechselnd nach vorne und nach hinten beugen. Dabei möglichst gleichmäßig üben, d.h. nicht nur locker vorbeugen und fast gar nicht nach hinten, sondern so weit, wie der Körper nach vorne bewegt wird, müßte er auch nach hinten bewegt werden.

- Diese Übung läßt sich auch variieren, indem Sie einmal die Hände im Nacken zusammenfalten, die Arme heben oder ganz einfach neben dem Körper hängen lassen. In jedem Fall sollte das Vor- und Rückbeugen des Rumpfes in weichen, fließenden Bewegungen erfolgen, niemals steif und eckig.

- Eine weitere Übung gegen den schmerzenden Rücken.
  Mit leicht gegrätschten Beinen hinstellen, und die Hände im Nacken zusammenfalten. Jetzt den Körper ganz locker drehen, einmal links herum, einmal rechts herum. Dabei die Füße fest auf dem Boden stehen lassen. Diese Übung ist noch wirkungsvoller, wenn Sie jede Drehbewegung noch durch leichtes Nachfedern verstärken.

- Zum Schluß noch eine allgemeine Aufmunterung. Ausgleichsgymnastik ist nicht etwas, das sich nach starren Regeln vollziehen läßt. So können Sie auch selbst immer wieder Übungen und Bewegungsabläufe ausprobieren, von denen Sie glauben, daß sie Ihrer Muskulatur und Ihrem Körper gut tun.

Bei größeren Reparaturen…

Die besten Tips für den Umgang mit dem Werkstatt-Personal

Vor Abholen des Wagens an die Kasse

Bundeskanzler Helmut Schmidt hat sich einmal öffentlich darüber beklagt, daß selbst er seine Strom-, Gas- und Wasserrechnung nicht mehr lesen kann. Er wollte für Abhilfe sorgen, mußte aber wahrscheinlich wie wir alle feststellen, daß das Computerzeitalter nicht mehr zurückzudrehen ist. Und so dürfte es Ihnen in Zukunft mit den Rechnungen für eine Autoreparatur nicht anders ergehen als dem Bundeskanzler.
Deshalb einige Tips, wie Sie dennoch zum »Klartext« kommen:

- Eile und Hetze bei der Auftragserteilung wie beim Abholen des Wagens vermeiden.

- Lassen Sie sich rechtzeitig einen Termin geben, aber lassen Sie sich nicht darauf ein, daß der Wagen spätestens bis 7.00 Uhr morgens in der Werkstatt sein muß.

- Die Angst, nicht genügend Wagen an einem Tag reparieren zu können, veranlaßt noch immer viele Werkstätten, möglichst alle Kunden zu Frühaufstehern zu machen. Der Andrang ist entsprechend.

- Bei einem Werkstattbesuch lieber in Kauf nehmen, daß der Wagen nicht mehr am selben Tag fertig wird, als in der Früh sich schon aufzuregen.

- Notieren Sie sich in aller Ruhe zu Hause bereits jene Punkte, die Sie mit dem Kundendienstleiter besprechen wollen.

- Bei Unklarheiten bitten Sie den Kundendienstleiter, sich am Fahrzeug ein Bild vom möglichen Umfang der Reparaturen zu machen.

- Bei größeren Reparaturen schriftlichen, bei kleineren Reparaturen einen mündlichen Kostenvoranschlag machen lassen.

- Hinterlassen Sie beim Kundendienstberater eine Telefonnummer, damit dieser bei eventuellen Unklarheiten rückfragen kann.

- Denken Sie daran, daß die Werkstatt an Ihnen verdient und nicht Sie an der Werkstatt. Sie sind Kunde und nicht jemand, dem in der Not geholfen wird.

- Bei der Auftragserteilung müssen Sie das »Kleingedruckte« nicht unbedingt lesen. Zumindest nicht in einer anerkannten Fachwerkstatt. Hier sind die allgemeinen Geschäftsbedingungen einheitlich formuliert und von allen Interessenverbänden abgesegnet.

- Wenn Ihr Wagen nach einer Panne oder nach einem Unfall in eine Werkstatt geschleppt wird, dann freilich sollten Sie sich alles etwas genauer ansehen.

- Geben Sie keine Pauschalaufträge nur damit Sie möglichst schnell wieder weiterkommen. Bitten Sie unter Umständen darum, daß mit Ihrer »Heimatwerkstatt« telefoniert wird.

- Bei größeren Reparaturen den Wagen nicht zu kurz vor Kassenschluß abholen. Dann nimmt sich niemand mehr die Zeit, Ihnen die einzelnen Posten auf der Rechnung zu erklären.

- Schauen Sie sich – insbesondere bei Großbetrieben – den Wagen genau an. Es kommt gar nicht so selten vor, daß der Wagen beim Rangieren auf dem Werkstattgelände angefahren wird. Einen solchen Schaden können Sie aber schon am nächsten Tag kaum mehr geltend machen.

- Überlegen Sie, ob Sie Cassetten und ähnliche Dinge während des Aufenthalts in der Werkstatt wirklich im Wagen lassen wollen. Kein Betrieb kann immer für jeden Mitarbeiter seine Hand ins Feuer legen.

- Beim Abgeben der Schlüssel darauf achten, daß am Schlüsselbund nicht noch solche Schlüssel sind, die anderswo gebraucht werden.

- Auch Werkstattpersonal arbeitet lieber an einem sauberen als an einem total verschmutzten Auto. Vor dem Besuch der Werkstatt, den Wagen waschen und im Winter von Schnee befreien.

- Die meisten Auseinandersetzungen zwischen Werkstatt und Kunden gibt es deshalb, weil bereits der Auftrag nicht klar erteilt wurde.

- Wenn Sie sich ungerecht behandelt fühlen oder glauben, zuviel bezahlt zu haben, wenden Sie sich an die vom Kraftfahrzeughandwerk eingerichteten Schiedsstellen. Die Einschaltung dieser Schiedsstellen ist kostenlos.

Ist das nicht Herr Müller?

Die besten Tips,
sich und andere Verkehrsteilnehmer
kennenzulernen

Tips für die Analyse anderer Verkehrsteilnehmer

Die kürzeste, stetig wechselnde aber auch gefährlichste Begegnung mit unseren Mitmenschen erleben wir im Straßenverkehr. Oft dauert eine solche Begegnung nur Sekunden. Manchmal verweilen wir etwas länger hinter unbekannten Zeitgenossen. Die folgenden Tips sind kein Grundkurs in Psychologie, aber vielleicht eine kleine Hilfe, um das Verhalten anderer Verkehrsteilnehmer vorauszuahnen und schneller einzuschätzen.

- Wenn Sie auf einer Bundesstraße als einziger Autofahrer einer Kolonne, die sich z.B. hinter einem Lastwagen gebildet hat, entgegenkommen, müssen Sie damit rechnen, daß mindestens einer aus der Kolonne zum Überholen ansetzt. Entweder er sieht Sie wirklich nicht oder er will nicht wahrhaben, daß die ansonsten freie Strecke nur allein durch Sie blockiert wird.

- Wenn Sie eine solche »Situation« auf sich zufahren sehen – entgegenkommende Kolonne, Sie allein im Gegenverkehr – bei Tag Fernlicht einschalten. Es wirkt wie das Flügelmuster mancher Schmetterlinge, abschreckend.

- Bevor man selbst überholt, kurz die Verkehrssituation und den zu überholenden Verkehrsteilnehmer taxieren.

- Wie groß ist sein Abstand zum Vordermann? Hat er schon mehrfach versucht, selbst zu überholen?

- Ist er ein Zögerer oder Zauderer? Dann vor dem Überholen unbedingt Hupen.

- Vor jedem Überholvorgang unbedingt in den Rückspiegel schauen. Manche Autofahrer rollen ohne Rücksicht eine Kolonne von hinten auf.

- Beim geringsten Zweifel – reicht es oder reicht es nicht – den

Überholvorgang sofort und energisch abbrechen. Wer nur das Gas wegnimmt, aber dann doch wieder auf der Überholspur weiterfährt, erhöht das Risiko, das durch das Gaswegnehmen schon signalisiert wurde.

- Kommt einem einer entgegen, der sich beim Überholen verschätzt hat, keine Zeit auf die ermahnende Lichthupe verschwenden. Bremsen und so weit wie möglich nach rechts ausweichen.

- Deutlich fahren ist die beste Voraussetzung für sicheres Fahren.

- Wenn Sie z.B. die Autobahn an einer Ausfahrt verlassen wollen, zuerst den rechten Blinker setzen, und dann erst bremsen. So weiß Ihr Hintermann genau, warum Sie bremsen.

Gegen notorische Linksfahrer ist kein Kraut gewachsen

- Notorische Linksfahrer sind oft wie kleine Kinder. Je energischer man sie auf ihr Fehlverhalten aufmerksam macht, desto störrischer werden sie.
- Wer beim zweiten oder dritten Anblinken durch die Lichthupe die linke Spur nicht freigibt, obwohl auf der rechten Seite Platz ist, gehört zu dieser Kategorie.
- Lassen Sie sich nicht zu einem »Zweikampf« verleiten. Ein solcher kostet auch Ihre Nerven.
- Am besten, Sie geben den Versuch auf und lassen Ihren Hintermann sein Glück versuchen.
- Die meisten Linksfahrer trotzen in aller Regel nur einmal so konsequent. Dem Nächsten machen sie wie ein Kind, das wieder lieb sein möchte, ohne Schwierigkeiten Platz.
- Im »Schlepptau« können Sie dann gleich mit vorbeifahren.
- Eignen Sie sich mit der Zeit eine kleine Modellkunde an. Es gibt sie nämlich tatsächlich, die typischen Fahrer einer bestimmten Marke.
- Wenn Sie auf der Autobahn in einem Pulk unangenehmer Zeitgenossen sind, denen Sie nicht davonfahren können, dann auf dem nächsten Parkplatz ein paar Minuten Pause machen.
- Vorsicht bei Lastwagen. Sie haben einen viel größeren toten Winkel als der PKW.
- Rechtzeitig »Kontakt« mit dem LKW-Fahrer aufnehmen.
- Vor einer Steigung verliert ein LKW-Fahrer ungern seinen

Schwung. Er wird in aller Regel versuchen, den langsamen Vordermann noch zu überholen.

Allein oder mit Kindern?

- Nehmen Sie, wenn irgendmöglich, Kontakt mit den anderen Verkehrsteilnehmern auf.

- Stellen Sie fest, wer am Steuer sitzt. Jung, alt, männlich oder weiblich? Damit sollen keine Vorurteile aufgebaut werden, aber ein junger Mensch reagiert nun einmal anders als ein älterer Autofahrer.
  Nutzen Sie wie ein guter Schachspieler, dieses Wissen.

- Sie sind dann meist über den nächsten »Zug« schon informiert, bevor dieser vollzogen wird.

- Befinden sich in einem Auto mehrere Personen, auch Kinder, so ist die Wahrscheinlichkeit, daß der Fahrer abgelenkt wird größer, als wenn er alleine fährt.

- Auch Radfahrer und Fußgänger müssen in dieser Weise richtig eingeschätzt werden.

- Nach einer Untersuchung des HUK-Verbandes haben drei von vier Autofahrern vor der Kollision das Kind gesehen, aber auf dessen verkehrsgerechtes Verhalten vertraut. In vielen Fällen ein tödlicher Irrtum.

- Besondere Vorsicht ist auch immer angebracht bei Fahrzeugen mit ausländischen Kennzeichen.

- Taxifahrer haben nicht selten mehr den »winkenden Fahrgast« als den übrigen Straßenverkehr im Auge. Auf abruptes Bremsen oder plötzlichen Spurwechsel gefaßt sein.

- Bevor Sie sich im Straßenverkehr zu einer Charakteränderung hinreißen lassen, bedenken Sie, daß es tatsächlich Herr Müller sein könnte, der im anderen Auto sitzt und Sie immer für einen vornehmen Menschen gehalten hat. Peinlich dann die Fratzen, die man geschnitten hat, nachdem man ihn geschnitten hat.

Geisterfahrer

- Wie auch immer die Einfahrt gestaltet ist, ob schwungvoll oder mehr geradlinig; am Ende fährt man immer in einer Rechtskurve in die Autobahn ein. Sie ist also beim richtigen Einfahren immer links. Wer anders einfährt, wird zum Geisterfahrer.

- Übrigens: Viele Autofahrer verlieren nach einem Raststättenbesuch die Orientierung und fahren in der falschen Richtung los. Aber auch hier muß beim Einfädeln die Autobahn immer links von einem sein.

- Sind Sie zum Geisterfahrer geworden, auf keinen Fall bis zur nächsten Ausfahrt weiterfahren. Sie lachen? Untersuchungsergebnisse belegen, daß manche glaubten, dies sei das richtige Verhalten nach dem Fehlverhalten.

- Zunächst einmal ganz rechts an den Mittelstreifen heranfahren und anhalten.

- Wenden auf der Autobahn ist gefährlich und deshalb verboten. Für einen Geisterfahrer aber die einzige Möglichkeit, um in die richtige Richtung zu kommen.

Keine Zigarettenstummel im Auto

- Machen Sie Ihren Mitfahrern klar, daß in Ihrem Auto nicht geraucht werden soll, indem Sie den Aschenbecher mit Kleingeld für die Parkuhr oder mit Bonbons füllen.

Auch am Steuer darf gelacht werden

- Ein Preuße und ein Bayer sind in München in einen Bagatellunfall verwickelt. Der Preuße besteht darauf, daß die Polizei geholt wird. Nach Lage der Dinge ist nicht absolut klar, wer nun tatsächlich schuld ist. Der Beamte macht den Vorschlag, wie beim Fernsehen, ein Quiz zu veranstalten. Wer die meisten Punkte hat, bekommt den Schaden ersetzt. Er fängt mit dem Bayern an und stellt die Frage: Wann ist die Titanic untergegangen? 1912 kommt sofort die Antwort des Bayern. Sehr gut, meint der Beamte, und weil es so gut läuft, gleich die zweite Frage: Wieviel Tote gab es bei diesem historischen Schiffsunglück? 1 520 antwortet geschichtsbewußt der Bayer. Sehr gut, meint der Beamte, das gibt zwei Punkte. Zum Preußen gewandt meint er. Und du sagst mir jetzt die Namen der Toten.

- Eine Dame wird bei einer Radarkontrolle angehalten. Der Beamte meint: »Sie sind mit über 70 durch die Stadt gefahren!«
»Ach Herr Wachtmeister, das kann nur der Hut sein, der mich so alt macht«, erwidert schlagfertig die Dame.

- »Kommen Sie mit zur Blutprobe«, fordert der Beamte den angehaltenen Autofahrer auf.
»Wieso zur Blutprobe? Ich bin doch völlig nüchtern.«
»Warum sind Sie dann die ganze Zeit Schlangenlinien gefahren«, will der Beamte wissen.
»Ja, hätte ich denn die ganzen weißen Mäuse überfahren sollen?«, erwidert der angehaltene Autofahrer.

- Zwei Nonnen geht auf einsamer Landstraße das Benzin aus. In der Ferne sehen sie Licht in einem Bauernhof. Der Bauer hat zwar Benzin, aber als Transportgefäß kann er nur einen Nachttopf anbieten. Besser drei Liter so als nichts, denken die Nonnen und laufen damit zurück zu ihrem Wagen. Als sie gerade beim Einfüllen sind, hält ein Autofahrer und meint: »Ihren Glauben möcht ich haben!«

- Auf die soeben bestandene Führerscheinprüfung hat ein junger Mann einige Cognacs gekippt. Bei der anschließenden Heimfahrt kommt er in eine Polizeikontrolle. Der Beamte sieht, daß der Führerschein noch nicht unterschrieben ist und reicht dem jungen Mann diesen zusammen mit einem Kugelschreiber durchs Wagenfenster. Der junge Mann, verunsichert durch die Cognacs, hält den Kugelschreiber für das bekannte Alkoholtest-Röhrchen, setzt diesen an den Mund und bläst hinein. Die Moral von der Geschichte: Diesen Führerschein mußte er nicht mehr unterschreiben.

- Ein älteres Ehepaar nimmt in ihrer Luxuslimousine einen Studenten, der per Anhalter unterwegs ist, mit. Der alte Herr beschleunigt recht rasant, und die Nadel des Tachometers geht auf der Autobahn langsam auf 200. Der Student wird nervös, wobei die Ehefrau sich beruhigend zu ihm wendet und sagt. »Sie brauchen keine Angst zu haben, diese Strecke kennt mein Mann im Schlaf, gell Erwin, Erwiiin, Erwiiiin…«

- Leicht verwundert fragt ein Freund den anderen, als er dessen zweifarbig gespritztes Auto sieht: »Gefällt es Dir eigentlich, daß Dein Auto links blau und rechts rot angemalt ist?«
  Antwort: »Gefallen nicht, aber eine solche Lackierung kann z.B. nach einem Verkehrsunfall sehr praktisch sein. Du glaubst nicht, wie sich die Zeugen widersprechen, wenn sie nach der Farbe des Wagens gefragt werden.«

- In einer Raststätte fragt der Gast den Ober: »Ist das nun eine Tomaten- oder eine Spargelcreme-Suppe?«
  Darauf der Ober: »Schmecken Sie das denn nicht, mein Herr?«
  »Nein«.
  Ober: »Na, dann kann es Ihnen ja egal sein!«

Wer seinen Wagen liebt…

Kleiner Pannenratgeber

Motor springt nicht an

- Anlasser nicht zu lange strapazieren. Lieber öfter den Anlaßvorgang wiederholen.
- Rührt sich auch beim 10. Versuch überhaupt nichts, wird der Motor auf normalem Weg nicht mehr anspringen.
- Die Fehlerquelle liegt wahrscheinlich in der elektrischen, bzw. Zündanlage oder im System der Benzinzufuhr.
- Wagen anschieben oder anschleppen.
- Springt er an, aber läuft der Motor unrund: Zündkerzen und Zündverteiler sowie die Anschlußkabel überprüfen.
- An Tankstellen und im Zubehörhandel gibt es Sprühmittel, die für besseren Kontaktfluß sorgen.
- Springt der Motor nicht an, riecht aber nach Benzin, so ist er in aller Regel »versoffen«. Das heißt, die Zündkerzen sind naß geworden.
- Kurze Zeit warten, dann ohne Gas starten, oder den Wagen anschieben. Im Extremfall die Zündkerzen ausschrauben und trocknen.

Motor zieht nicht richtig

- Vergaser verschmutzt: Reinigen
- Zündkabel ohne Kontakt: Kerze wieder anschließen.
- Zündspule locker: Anziehen.
- Verteilerkopf locker: Anziehen.

- Unterbrecherkontakt nachprüfen lassen.

- Zündkerzen nachprüfen lassen.

Motor wird zu heiß

- Kühlwasser fehlt: Nachfüllen.

- Bei nichtplombiertem Kühlsystem: Frostschutzmittel wurde nicht abgelassen. Kühlwasser erneuern.

- Ölstand des Motoröls überprüfen.

Lichtmaschine defekt

- Kontrolleuchte geht beim Gasgeben nicht mehr aus. Der Wagen kann mit dem Strom aus der Batterie weitergefahren werden.
  Möglichst aber nicht weiter als bis zur nächsten Werkstatt. Batterie dann ebenfalls nachprüfen lassen.

Scheibenwischer fällt aus

- Wenn außer dem Scheibenwischer noch andere Dinge ausgefallen sind, z.B. Hupe oder Heckleuchte, ist eine Sicherung durchgebrannt.

- Wenn Sie keine Ersatzsicherung dabei haben, aus dem Sicherungskasten jene Sicherung nehmen, die Elemente absichert, die Sie im Moment weniger brauchen.

- Wurde bei einem Auffahrunfall die Heckleuchte beschädigt, neue Birnen einschrauben. Da diese aber weiß sind und das farbige Abdeckglas kaputt ist, roten Nagellack auf die weißen Birnen pinseln.

Anschieben und Abschleppen

- Fahrzeuge mit mehr als 4 t Gesamtgewicht dürfen nur mit Hilfe einer Abschleppstange gezogen werden.

- Vorsicht bei Servolenkung und Servobremse. Wenn der Motor nicht läuft, fällt beim geschleppten Fahrzeug diese hydraulische Kraftunterstützung weg.

- Wenn das abgeschleppte Fahrzeug mit einem Automatik-Getriebe ausgerüstet ist, darf nur mit geringer Geschwindigkeit gefahren werden, da sich die Flüssigkeit in der automatischen Kupplung oder im automatischen Getriebe so schnell erhitzt, daß es zu Schäden am Getriebe kommen kann.

- Springt der Wagen nicht an, weil die Batterie leer oder der Anlasser kaputt ist, kann man ihn auch mit einem anderen Fahrzeug anschieben, sofern die Stoßstangen gleich hoch sind.

- Decke oder Fußmatten zwischen die Stoßstangen klemmen, damit diese nicht verkratzt werden.

Die doppelten Wagenschlüssel

- Auch die Wagenschlüssel sollten mindestens in doppelter Ausfertigung mitgenommen werden.

- Es empfiehlt sich, den Zweitschlüssel irgendwo am Fahrzeug zu verstecken. Zum Beispiel hinter den Scheinwerfer kleben. So kommt man auch einfach wieder in das Auto, wenn man sich einmal selbst ausgesperrt hat.

Zündschlüssel nicht vergessen

- Ob Sie den Wagen schleppen oder schieben: In jedem Fall die Zündung einschalten. Schon mancher ist durch ein nicht entsperrtes Lenkradschloß erst beim Schleppen gegen einen Baum gefahren.

Ein Baum als Diebstahlsicherung

- Wenn LKW-Fahrer verhindern wollen, daß Ihnen während einer Ruhepause die Ladung gestohlen wird, fahren sie den Lastzug rückwärts so dicht an einen Baum oder gegen eine Mauer, daß Diebe keine Chance haben, die Ladetüren zu öffnen.

Wenn der Wagen liegen bleibt

- Warnblinkanlage einschalten.

- Bei längerem Halt Warndreieck aufstellen. Entfernung zum Wagen zwischen 100 und 150 m. Kam der Wagen nach einer Kurve zum Stehen, muß das Warndreieck vor der Kurve aufgestellt werden.

Anschieben und Abschleppen

- Das Abschleppseil muß so befestigt werden, daß der Abstand zwischen den beiden Fahrzeugen nicht länger oder größer als 5 m ist.

- Bei dieser Seillänge muß in der Mitte ein rotes Tuch befestigt werden.
  Der Grund: Nicht alle haben so gute Augen, daß sie das Seil rechtzeitig erkennen.

- Bis zu einer Länge von 2,75 m braucht das Seil nicht markiert zu werden.

Aus Fehlern wird man klug

- Immer wieder sieht man am Straßenrand Warndreiecke stehen und weit und breit kein defektes Fahrzeug. Es wurde nach erfolgreicher Reparatur vom Fahrer vergessen. Einfachstes Mittel gegen diese Art von Vergeßlichkeit: Die Hülle des Warndreiecks auf den Fahrersitz legen.

Beim Radwechsel nicht gleich in die Luft gehen

- Beim Radwechsel zumindest die Schrauben der Vorderräder vor dem Hochbocken lockern. Wenn das Rad bereits in der Luft ist, dreht es sich mit, und die Schrauben können nicht gelockert werden.

- Ersatzrad beim Montieren mit dem unterlegten Fuß an der Bremstrommel fixieren. Zumindest bis man die erste Schraube angezogen hat.

- Eingerostete oder zu fest angezogene Schrauben mit Öl einweichen. Im Notfall kann man den Ölmeßstab dazu benutzen.

- Ein Stück Rohr im Kofferraum kann den Hebelarm des Schraubenschlüssels enorm vergrößern.

- Nach dem Radwechsel an der nächsten Tankstelle den Luftdruck prüfen.

Alphabetisches Stichwortverzeichnis

A

B

C

D